10

にほんご

穩紮穩打日本語

中級2

目白JFL教育研究会

前言

　　課堂上的日語教學，主要可分為：一、以日語來教導外國人日語的「直接法（Direct Method）」；以及，二、使用英文等媒介語、又或者使用學習者的母語來教導日語的教學方式，部分老師將其稱之為「間接法」（※：此非教學法的正式名稱）。

　　綜觀目前台灣市面上的日語教材，絕大部分都是從日方取得版權後，直接在台重製發行的。這些教材的編寫初衷，是針對日本的語言學校採取「直接法」教學時使用，因此對於在台灣的學校或補習班所慣用的「使用媒介語（用中文教日語）」的教學模式來說，並非那麼地合適。且隨著時代的演變，許多十幾年前所編寫的教材，其內容以及用詞也早已不合時宜。

　　有鑑於網路教學日趨發達，本社與日檢暢銷系列『穩紮穩打！新日本語能力試驗』的編著群「目白JFL教育研究會」合力開發了這套適合以媒介語（中文）來教學，且通用於實體課程與線上課程的教材。編寫時，採用簡單、清楚明瞭的版面、句型模組式教學、再配合每一課的對話「本文」、「語句練習」、以及由對話文所衍生出來的「延伸閱讀」，無論是實體一對一還是班級課程，又或是線上同步一對一、一對多課程，或線上非同步預錄課程（如上傳影音平台等），都非常容易使用（※註：上述透過網路教學時不需取得授權。唯使用本教材製作針對非特定多數、且含有營利行為之非同步課程時，需事先向敝社取得授權）。

　　此外，中級篇卷末亦附錄對話「本文」以及「延伸閱讀」的翻譯，同時出版的「教師手冊」亦針對「句型」以及「語句練習」有詳盡的說明，讓有一定程度想要自修的學生，也可以輕易自學。最後，也期待使用本書的學生，能夠在輕鬆、無壓力的課堂環境上，全方位快樂學習，穩紮穩打學好日文！

想閱文化編輯部

穩紮穩打日本語 中級 2

課別	文法項目	
第 55 課 お酒は やめられたと 聞いたのですが…。	單字 1. ～（ら）れます（尊敬） 2. お／ご～になります 3. お／ご～くださいます 4. お／ご～ください 本文 語句練習 延伸閱讀	p08 p12 p14 p16 p18 p20 p22 p24
第 56 課 初めて お電話いたします 青木と申します。	單字 1. お／ご～します（いたします） 2. お／ご～いただきます 3. ～ていただけませんか 4. ～（さ）せていただきます 本文 語句練習 延伸閱讀	p28 p32 p34 p36 p38 p40 p42 p44
第 57 課 青木様が お見えです。	單字 1. 特殊尊敬語動詞 2. 特殊謙讓語動詞 3. 謙讓語Ⅱ（丁重語） 4. お／ご～です 本文 語句練習 延伸閱讀	p48 p52 p54 p56 p58 p60 p62 p64

課別	文法項目	
第58課 土曜日に、 お会いすることに しましょう。	單字 1. 〜ことになりました／なります 2. 〜ことになっています 3. 〜ことにしました／します 4. 〜ことにしています 本文 語句練習 延伸閱讀	p68 p72 p74 p76 p78 p80 p82 p84
第59課 荻原先生に 確認していただい ているところです。	單字 1. 〜ことです 2. 〜こと（は）ありません 3. 〜ところです 4. 〜ところでした 本文 語句練習 延伸閱讀	p88 p92 p94 p96 p98 p100 p102 p104
第60課 電車に 乗ろうとした時、 会社に 呼び戻されて…。	單字 1. 〜（よ）うとしますⅠ 2. 〜（よ）うとしません 3. 〜はずです 4. 〜はずが（は）ありません 本文 語句練習 延伸閱讀	p108 p112 p114 p116 p118 p120 p122 p124
本文、延伸閱讀翻譯		p127

本書說明

1. 教材構成

「穩紮穩打日本語」系列，分為「初級」、「進階」、「中級」三個等級。「中級篇」共 2 冊，每冊 6 課、每課 4 個句型，並包含使用到這些句型的對話本文，且增設培養口說能力的「語句練習」和培養閱讀能力的「延伸閱讀」。完成「中級篇」的課程，約莫等同於日本語能力試驗 N3 程度。

2. 每課內容

- 學習重點：提示本課將學習的 4 個句型。
- 單字　　：除了列出本課將學習的單字及中譯以外，也標上了詞性以及高低重音。此外，也會提出各課學習的慣用句。中級篇改以動詞原形提示。
- 句型　　：每課學習「句型 1」～「句型 4」，除了列出說明外，亦會舉出例句。每個句型還附有「練習 A」以及「練習 B」兩種練習。練習 A、B 會視各個句型的需求，增加或刪減。
- 本文　　：此為與本課學習的句型相關聯的對話或文章。翻譯收錄於卷末。
- 語句練習：嚴選「句型 1」～「句型 4」以及對話「本文」當中，所出現的常見或慣用表現，以代換練習的方式培養學習者的口說能力。
- 延伸閱讀：提出一篇與對話本文相關連話題的文章，字數介於 800 ～ 1200 字左右的內容理解中、長文。文章中的新出語彙並不會收錄在單字表當中，以培養學生閱讀時，使用 Skimming 以及 Scanning 閱讀技巧的能力。授課時，可先請學習者粗略閱讀後，再由老師帶領精讀。全文的翻譯收錄於卷末。

55

お酒はやめられたと聞いたのですが…。

① 〜（ら）れます（尊敬）

② お／ご〜になります

③ お／ご〜くださいます

④ お／ご〜ください

單字

招く (動/2)	邀請	同行する (動/0)	同行、一起去
控える (動/3 或 2)	控制別做、打消念頭	了解する (動/0)	理解，了解
上がる (動/0)	(從玄關)進入(房屋)	返金する (動/0)	退款、還款
		応援する (動/0)	聲援、支援
立ち寄る (動/0 或 3)	順道去…	入場する (動/0)	進場、入場
引き払う (動/4)	遷出、搬走、退租	導入する (動/0)	引進
恐れ入る (動/2)	不好意思、謝謝		
問い合わせる (動/5 或 0)	打聽、詢問	オープンする (動/1)	開幕、新開店
おかけになる (尊/5)	坐的尊敬語	時間を割く (慣)	騰出時間
		期待に沿う (慣)	符合期待
参照する (動/0)	參照	コピーを取る (慣)	影印
帰宅する (動/0)	回家	コーヒーを淹れる (慣)	泡咖啡
退職する (動/0)	退職、辭職		
利用する (動/0)	使用、利用		
指導する (動/0)	指導、教導	支社 (名/1)	分公司
記入する (動/0)	寫入、填入	弊社 (名/1)	敝公司
来場する (動/0)	到場、出席	総会 (名/0)	股東全體會議

花瓶（名/0）	花瓶	散歩コース（名/4）	散步路線
座席（名/0）	座位、席位	ライブ配信（名/4）	網路直播
会食（サ/0）	聚餐、餐敘		
昼食（名/0）	中餐、午餐	お宅（名/0）	貴府
家内（名/1）	謙稱自己的妻子	お昼（名/2）	指中餐
主人（名/1）	謙稱自己的老公	忘れ物（名/0）	忘記拿的東西
敷金（名/2）	租房時的押金		
入会（サ/0）	入會、加入會員	プラン（名/1）	計畫、方案
消毒（サ/0）	消毒	サンドイッチ（名/4）	三明治
		パンフレット（名/1）	簡介小冊子
時間帯（名/0）	時間範圍	ウェブサイト（名/3）	網站
敷地内（名/3）	建築物的基地範圍	オンラインショップ（名/6）	網路商店
事務局（名/2）	事務辦公處所		
提案書（名/0 或 5）	提議書	マイナンバーカード（名/7）	個人編號卡
確認事項（名/5）	待確認事項	ささやか（ナ/2）	微、小、一點點
営業会議（名/5）	業務會議		
健康保険証（名/0-0）	健保卡		

單字

誠（まこと）に（副/0）	實在很…	インド（名/1）	印度
正直（しょうじき）に（副/3 或 4）	誠實地	熊本（くまもと）（名/0）	日本九州的地名
気軽（きがる）に（副/0）	輕鬆、別不好意思		
どうか（副/1）	請（務必做）		
ご丁寧（ていねい）に（副/2）	有禮貌、客氣		
いつまでも（副/1）	一直都、永保…		
ありのまま（副/0）	據實、原有的		
おいでください（慣）	請來…		
〜に関（かん）して（は）（文型）	關於…		
〜の際（さい）／際（さい）に（文型）	的時候、之際		
〜でいらっしゃいます（文型）	「〜です」的尊敬講法		

句型一

～（ら）れます（尊敬）

「～（ら）れます」為「尊敬助動詞」。用於講述「他人」的動作，表達對此做動作的人之敬意。這裡的「他人」，可以是聽話者，亦可以是言談中提及的第三者。（※註：ある、要る、わかる、できる、くれる … 等動詞無法使用此型態來表達尊敬。）

例句

・青木課長は、来週アメリカへ出張されます。（青木課長下星期要去美國出差。）

・社長は明日、支社に来られるそうです。（聽說社長明天要來分公司。）

・蔡さん、蔡さんも社員旅行に行かれるでしょう？（蔡先生，您也會去員工旅遊對吧。）

・先輩が来られるのを楽しみにしています。（我很期待學長來。）

・皆様はいつも、何時ごろ起きられますか。（各位都幾點起床呢？）

・この件に関しては、部長が以前から話されていたと思います。

（關於這件事，部長從以前就一直講過了。）

・部長、来週から熊本へ行かれるそうですね。いつごろ戻られるんですか。

（對著部長說：部長，聽說您下個星期要去熊本。什麼時候回來呢？）

・マリア先生は、去年までインドの大学で教えられていたんだって？

（同學之間對話：聽說瑪莉亞老師到去年為止都在印度的大學教書喔，真的嗎？）

練習 A

1. (あなたは) 新聞を 読まれましたか。
   明日、 来られますか。
   タバコを やめられたんですか。

2. 課長は、 もう 帰られました。
   新しい家を 買われました。
   来年 引退されます。
   忘年会に 出席されますか。

練習 B

1. 例：先週、総会に出席しましたか。（はい）
   → A：先週、総会に出席されましたか。　B：はい、出席しました。
   ① 確認事項、もう読みましたか。（はい）
   ② 昨日、荻原先生に会いましたか。（はい）
   ③ 先週、大阪へ行きましたか。（いいえ）
   ④ お正月はご実家に帰りますか。（いいえ）

2. 例：社長も、李さんの結婚式に来るそうですよ。
   → 社長も、李さんの結婚式に来られるそうですよ。
   ① 長谷川さんは、去年退職したんです。
   ② 皆さんは、お散歩に出掛けています。
   ③ ご高齢の方たちは、毎日この公園内の散歩コースを歩いています。

句型二

お／ご～になります

「お・和語動詞<s>ます</s>・になります」或「ご・漢語動詞語幹・になります」亦可用於表達對他人動作的尊敬。敬意比「～（ら）れます」更高，多用於正式場合。（※註：いる、する、行く、来る、見る、着る、寝る、言う、くれる…等動詞無法使用此型態來表達尊敬。）

例句

・社長は先ほど空港に（○お着きになりました／○ご到着になりました）。

（社長剛剛已經到達機場了。）

・もうお帰りになるのですか。（您要回去了啊？）

・社長も営業会議にご出席になるのですか。（社長也會出席業務會議喔？）

・娘さんがお作りになった花瓶、素敵ですね。（令嬡所製作的花瓶，好漂亮喔。）

・新しいテレビ、お買いになったそうですね。いかがでしたか。

（聽說您買新電視了，如何呢／好用嗎？）

・インターネットをお使いになれない方は、お電話で予約してください。

（無法使用網路的人，請使用電話預約。）

練習A

1. 社長は　お　出掛け　になりました。
　　　　　　　帰り
　　　　　ご　出発　になりました。
　　　　　　　帰宅

2. 社長が　話します。　→　お話しになります。
　 社長が　書きました。　　お書きになりました。
　 社長は　戻りましたか。　お戻りになりましたか。
　 家族で　出掛けませんか。　お出掛けになりませんか。
　 これを　読んでください。　お読みになってください。
　 仕事で　疲れたでしょう。　お疲れになったでしょう。
　 これは　使えません。　お使いになれません。
　 仕事が　決まったそうですね。　お決まりになったそうですね。

練習B

1. 例：田中先生は、来年退職します。
　　→　田中先生は、来年ご退職になります。
　① 部長は、新しい車を買いました。
　② 社長は、明日の便には乗りません。
　③ こちらの座席は、どなたでも利用できます。

句型三

お/ご～くださいます

「お・和語動詞~~ます~~・くださいます」或「ご・漢語動詞語幹・くださいます」為表授受「～てくれます」（「進階Ⅰ」第30課）的尊敬語形式。亦可使用「～てくださいます」的形式，但敬意程度稍低。（※註：連用形僅有一音節的動詞不可使用於「お/ご～くださいます」的形式，但可使用於「～てくださいます」的形式。）

此外，「くださいます」為特殊五段活用動詞，其動詞原型為「くださる」。中止形除了「～くださいまして／くださって」以外，亦經常使用連用中止形「～てくださり」。

例句

・課長はお土産を家まで（お送りくださいました／送ってくださいました）。
（課長把伴手禮親自送到我家。）（＝送ってくれました）

・せっかく（お教えくださった／教えてくださった）のに、間違えてしまって、申し訳ございませんでした。（＝教えてくれた）
（您都專程教我了，我還搞錯，真的很對不起。）

・ライブ配信を見てくださった皆様、ありがとうございます！
（感謝各位看我直播的觀眾。）（＝見てくれた）（×お見くださった）

・（お招きくださいまして／招いてくださいまして）、ありがとうございます。
（非常感謝您的邀請。）（＝招いてくれて）

・色々（ご指導くださり／指導してくださり）、ありがとうございました。
（感謝您的多方教導。）（＝指導してくれて）

練習A

1. 先生 は、（私に） 本を くださいました。
   部長

2. 先生は、（私に）日本語を教えて くださいました。
   　　　　（私を）駅まで送って
   　　　　（私の）作文を直して

3. 井上さんは、旅行の写真を　お　見せ　くださいました。
   　　　　　　改札口まで　　　　迎え
   　　　　　　荷物を　　　　　　持ち

4. ご 連絡 くださいまして／くださって／くださり、ありがとうございます。
   　 案内
   　 利用
   　 確認

練習B

1. 例：先生は、旅行の写真を送ってくれました。
   → 先生は、旅行の写真を送ってくださいました／お送りくださいました。
   ① 部長の奥様は、コーヒーを淹れてくれました。
   ② オンラインショップにて、お客様が商品を購入してくれました。
   ③ 予約してくれたお客様、誠にありがとうございました。

句型四

お／ご〜ください

延續上個句型,「くださいます（くださる）」的命令形為「ください」。「お・和語動詞ます・ください」與「ご・漢語動詞語幹・ください」則是「〜てください」的尊敬語形式。

這裡亦練習表示請求的「お／ご〜くださいませんか」（「進階Ⅰ」第30課），以及「〜てくださらないと困ります」的固定形式講法。

例句

・どうぞ、お座りください。（請坐。）（＝座ってください）

・お申し込みの際は、必ず住民票をご用意ください。（＝用意してください）
（申請時，請務必準備好住民票。）

・こちらにお客さまのお名前とご住所をご記入ください。（＝記入してください）
（請在此處填入客人您的姓名與地址。）

・ぜひ、またおいでください。（請務必再次光臨。）（＝来てください）

・ご都合の良い時間帯に、ご連絡くださいませんか。
（能請您在您方便的時間給我聯絡嗎？）

・いつまでもお元気でいてくださらないと困りますので、
　ご健康にお気をつけください。
（如果你沒有一直長保健康我們會很困擾，請好好注意身體喔。）

練習A

1. ご自由に　　　　　　お　取り　　　　ください。
　 お名前を　　　　　　　　書き
　 ぜひ　　　　　　　　　　立ち寄り
　 お食事中の会話は　　　　控え
　 こちらに　　　　　　ご　記入　　　　ください。
　 どうか　　　　　　　　　指導
　 気をつけて　　　　　　　来場
　 敷地内での喫煙は　　　　遠慮

2. 御社への行き方を　　　お　教え　　　ください ませんか。
　 商品登録のお仕事を　　　　手伝い
　 駅まで　　　　　　　　ご　案内　　　ください ませんか。
　 この金額で　　　　　　　　検討

3. お客様が来て　　　 くださらないと困ります。
　 あなたがやって
　 正直に話して

練習B

1. 例：どうぞ、こちらにかけてください。
　 →　どうぞ、こちらにおかけください。
　 ① 面接の方は、この部屋に入ってください。
　 ② こちらのワインをご自由に飲んでください。
　 ③ こちらの資料を参照してください。

本文

（ABC 商事的春日部長跟青木先生，談論與渡邊商事的餐敘）

青木：部長、明日の夜、ワタナベ商事との会食、出席されますか。

春日：そうだな。大事な取引先だから、

　　　家内を連れて出席するよ。

青木：奥様も同行されますね。了解しました。

春日：それから、ワタナベ商事の社長って、

　　　お酒はやめられたとか聞いたんだが、

　　　これについても確かめてきてくれ。

　　　あっ、明日でいいや。今はもう休まれているだろうから。

青木：渡辺社長がお酒をやめられていた場合、

　　　料亭のほうはどうしましょうか。

春日：そうだなあ。その場合は、

　　　料亭じゃなくてレストランにしよう。

（餐敘過後數日，ABC商事的青木先生，招待渡邊商事的中村先生到自家作客）

中村　　　：今日はお招きくださいまして、ありがとうございます。
青木夫人：いらっしゃいませ。中村様でいらっしゃいますね。
　　　　　よくおいでくださいました。
　　　　　主人がいつもお世話になっております。
　　　　　どうぞお上がりください。
中村　　　：失礼します。これ、ささやかなものですが、どうぞ。
青木夫人：あっ、ご丁寧に恐れ入ります。
　　　　　中村さん、日本酒、お好きですか。
　　　　　さあ、ご遠慮なくどうぞ。

中村：あっ、もうこんな時間？そろそろ失礼します。
青木：そうですか。では、ぜひまたおいでください。

語句練習

01. <u>先輩が来られる**の**を楽しみ**にしています**</u>。
   ① あなたに会えます
   ② 一緒に旅行に行きます

02. <u>この件**に関しては**、部長が以前から話されていたと思います</u>。
   ① 敷金・部屋を引き払う際に返金されます
   ② ご入会・事務局までお気軽にお問い合わせください

03. <u>インターネットでも**お申し込みになれます**</u>。
   ① マイナンバーカードは健康保険証として・利用できます
   ② この席では電源コンセントが・使えます

04. <u>せっかく教え**てくださったのに**、申し訳ございませんでした</u>。
   ① たくさん応援します・こんな結果になってしまって、ごめんなさい
   ② 時間を割いて提案書を読みます・ご期待に沿えず、申し訳ありません

05. <u>お申し込み**の際は**、必ず住民票をご用意ください</u>。
   ① お降り・お忘れ物にお気をつけください
   ② ご入場・必ずアルコール消毒をお願いします

06. <u>いつまでもお元気**でいてください**</u>。
   ① ずっと幸せです
   ② ありのままのあなたです

07. 社長はお酒をやめられた**とか聞いたんですが、本当ですか。**
　① この近くにおしゃれなカフェがオープンしました・もう行ってみましたか
　② 会議で新しいシステムが導入されます・いつからですか

08. これについても確かめ**てきてくれ。**
　① 君、タバコ買います
　② おい、この書類、コピー取ります

09. 明日**でいい。**
　① 今日のお昼はサンドイッチ
　② 靴は履いたまま

10. 今はもう休まれている**だろうから、**明日でいい。
　① 外国人のお客様も来ます・英語のパンフレットも用意して
　② 会議は長くなります・早めに昼食を取ろう

11. 中村様**でいらっしゃいますね。**
　① ご出身は台湾ですね
　② ご予約の青木様ですね

12. 日本酒、**お好き**ですか。
　① 今・忙しい
　② 最近・元気

延伸閱讀

接待（せったい）

　会社で取引先の人を接待するというのは、とても大事なことです。接待というのは、仕事の相手と一緒に食事をしたりして、もっと仲良くなることです。日本では、特にこの接待が大事にされています。ここでは、接待をするときに注意しなければならないことを、簡単に見てみましょう。

● レストランや料亭を選ぶときの注意点

① 相手の好みを知る：取引先の人が、何が好きか、何が嫌いか、アレルギーや食べられないものがあるかどうかを前もって調べておきましょう。

② 静かで話しやすい場所：ビジネスの話をするので、静かで話しやすいレストランや料亭を選びましょう。個室があると、もっと話しやすいです。

③ サービスが良い店：サービスが良いお店を選ぶと、取引先の人に気持ちよく過ごしてもらえます。店員さんの対応や料理が出てくるスピードも大事です。

④ 予約をする：人気のあるお店だと席が取れないことがあるので、事前に予約をしましょう。特に個室があるかどうかも確認しておきましょう。

● 接待のときに気をつけること

① 時間を守る：接待の時間を守ることはとても大事です。遅刻しない

ように気をつけましょう。取引先の人のスケジュールに合わせて、無理のない時間に設定しましょう。

② マナーを守る：接待のときには、丁寧な言葉遣いや態度を心がけましょう。たとえば、お酒をつぐ時には相手のグラスが空になる前につぐようにします。

③ 話題を選ぶ：ビジネスの話だけでなく、相手の趣味や関心事についても話すといいでしょう。あまり難しい話や、相手が興味のない話は避けたほうがいいです。

④ お礼を伝える：接待が終わった後には、相手にお礼の気持ちを伝えます。メールや手紙で「今日はありがとうございました」と伝えると、いい印象を与えることができるでしょう。

● 日本の独特な接待文化

　日本では、接待がとても大事にされています。仕事上の関係をもっと強くするために、お互いの理解を深める機会として接待をします。お酒を飲みながらリラックスして話すことも多いです。また、相手に対して礼儀正しく、丁寧に接することがとても大切です。

　たとえば、接待のときにお酒をつぐ場合、相手のグラスをしっかり見て、空になる前にお酒をつぐようにします。これは「おもてなし」の心を表す一つの方法です。

　日本の接待文化を理解し、相手を大切にすることで、いいビジネス関係を築くことができます。接待はただの食事ではなく、大事な仕事の一部でもありますから、しっかり準備をして、相手に喜んでもらえるようにしましょう。

56

初めてお電話いたします 青木と申します。

1. お／ご〜します（いたします）
2. お／ご〜いただきます
3. 〜ていただけませんか
4. 〜（さ）せていただきます

單字

單字	意思	單字	意思
移る（動/2）	轉換、進行下個階段	教示する（動/1）	示範、示教
訴える（動/4 或 3）	控告、起訴	調整する（動/0）	調整（日期）
進める（動/0）	進行、展開	展開する（動/0）	展開、開展
高める（動/3）	提高、提升	分譲する（動/0）	分售（土地、房屋）
集まる（動/3）	聚集、集合		
助かる（動/3）	得到幫助、減輕負擔	本題に入る（慣）	進入主題
預かる（動/3）	保管、收存		
恐れ入る（動/2）	不好意思、對不起	作業（サ/1）	作業、工作
		月謝（名/0）	（每月的）學費
伺う（動/0）	聽說、拜訪的謙讓語	当社（名/1）	本公司、我司
いたす（動/2 或 0）	做的謙讓語	主催（サ/0）	主辦
差し上げる（動/0 或 4）	給的謙讓語	新刊（名/0）	新出版的書
申し上げる（動/5 或 0）	說的謙讓語	作品（名/0）	（文藝）作品
かしこまる（動/4）	恭敬地說知道了	販売（サ/0）	販售、販賣
		管理（サ/1）	管理
いらっしゃる（動/4）	在的尊敬語（特殊活用）	詳細（名/0）	細節、詳情
		職場（名/0 或 3）	職場、工作的地方
返答する（動/0）	回答、回覆	著書（名/1）	著作

在庫(ざいこ)(名/0)	庫存	臨時休業(りんじきゅうぎょう)(名/4)	臨時公休
返答(へんとう)(サ/0)	回答	社員研修(しゃいんけんしゅう)(名/4)	員工進修
回答(かいとう)(サ/0)	答覆	質疑応答(しつぎおうとう)(名/1-0)	問與答
日程(にってい)(名/0)	日程	人間関係(にんげんかんけい)(名/5)	人際關係
大福(だいふく)(名/4)	日式紅豆餡麻糬	収益不動産(しゅうえきふどうさん)(名/0-2)	收租用房產
抹茶(まっちゃ)(名/0)	抹茶、日式綠茶		
		幸い(さいわ)(ナ/0)	幸福、幸好
待合室(まちあいしつ)(名/3)	候診間、等候室	ありがたい(イ/4)	值得感謝、慶幸的
契約書(けいやくしょ)(名/5或0)	契約書、合約書	打ち合わせ(うあ)(サ/0)	磋商、事前商量
申込書(もうしこみしょ)(名/6或0)	申請書、報名表		
報告書(ほうこくしょ)(名/5或0)	報告書	カバー(名/1)	書籍的封面
新製品(しんせいひん)(名/3)	新產品	カタログ(名/0)	目錄、型錄
社用車(しゃようしゃ)(名/2)	公司用車	アンケート(名/1)	問卷調查
投資家(とうしか)(名/0)	投資者	ミーティング(名/0)	會議、商談會
説明会(せつめいかい)(名/3)	說明會	プロジェクト(名/2或3)	企劃案
就活中(しゅうかつちゅう)(名/0)	找工作中、就業活動中	ゴルフセット(名/4)	高爾夫球組
対処法(たいしょほう)(名/0)	對應處理的方法	添付ファイル(てんぷ)(名/4)	檔案附件
満足度(まんぞくど)(名/4)	滿意度		

單字

單字	中譯	單字	中譯
早速（名/0） _{さっそく}	立刻、馬上	お手隙の際（慣） _{て すき さい}	有空的時候
後ほど（副/0） _{のち}	過一會兒、稍後	身に覚えがない（慣） _{み おぼ}	不記得有做過
ただいま（名/2）	目前、剛剛、馬上	つきましては（慣）	因此、所以
初めて（副/2） _{はじ}	初次、首次	お忙しいところ（慣） _{いそが}	百忙之際
この度（名/2） _{たび}	這次、這回	恐縮ですが（慣） _{きょうしゅく}	惶恐、過意不去
今後とも（慣/0） _{こんご}	今後也…	さようでございます（慣）	是的、是那樣
～でございます（文型）	「～です」的鄭重講法	～組（接尾） _{くみ}	幾組客人、幾對客人
～と申します（文型） _{もう}	「～と言います」的鄭重講法	～名様（接尾） _{めいさま}	幾位客人
～ております（文型）	「～ています」的鄭重講法		
～てまいります（文型）	「～ていきます」的鄭重講法		
～につきまして（は）（文型）	關於…		
～に向けて（文型） _む	面向、以…為導向		
～次第です（文型） _{しだい}	因由、原委		

句型一

お／ご～します（いたします）

「お・和語動詞~~ます~~・します（いたします）」或「ご・漢語動詞語幹・します（いたします）」用於表達自己為他人謙讓地做動作（一定要有動作對象）。使用「いたします」時，謙讓程度更高。（※註：いる、する、来る、見る、着る、出る、言う、もらう…等動詞無法使用此型態來表達尊敬。）

例句

・後ほど（お呼びします／お呼びいたします）ので、待合室でお待ちください。（等會兒會叫您，請在候診間等待。）

・私から（ご説明します／ご説明いたします）。（由我跟您說明。）

・もうお帰りですか。駅までお送りしましょうか。（您要回去了嗎？我送您到車站吧。）

・部長、お客様を（ご案内しました／ご案内いたしました）。
（部長，我已經向客人介紹了／引導客人了。）

・こちらの資料は、課長にお返しするものだから、あちらのコピーを使ってください。（這邊的資料是要還給課長的，你拿那邊的影本去用。）

・この件につきましては、私からはご返答できません。
（有關於這件事，我無法給您答覆。）

練習A

1. かばん を お 持ち します／いたします。
   お茶　　　　淹れ
   作業　　　　手伝い

2. いい弁護士を ご 紹介 します／いたします。
   明日までに　　連絡
   会場まで　　　案内

練習B

1. 例：お荷物は、本日中に届けます。
   → お荷物は、本日中にお届けします。
   ① この辞書を、少しの間借ります。
   ② 私の傘を貸します。
   ③ ただいまお席を用意します。
   ④ 1組2名様をディナーに招待します。

2. 例：お茶を持ちます・少々待ってください
   → お茶をお持ちしますので、少々お待ちください。
   ① 説明します・座ってください
   ② 明日までに連絡します・安心してください
   ③ 写真を撮ります・こちらに集まってください
   ④ お月謝を渡します・確認してください

句型二

お/ご～いただきます

「お・和語動詞ます・いただきます」或「ご・漢語動詞語幹・いただきます」為表授受「～てもらいます」（「進階I」第30課）的謙讓語形式。亦可使用「～ていただきます」的形式，但敬意程度稍低。（※註：連用形僅有一音節的動詞不可使用於「お/ご～いただきます」的形式，但可使用於「～ていただきます」的形式。此外，後句為「感謝」或「致歉」表現時，不可改回「～てもらいます」的講法。）

例 句

・課長に、契約書の書き方を（お教えいただき／教えていただき）ました。
（我請課長教我契約書的寫法。）（＝教えてもらった）

・せっかく来ていただいたのに、留守ですみません。
（您難得來訪我卻不在，很抱歉。）（×来てもらった）

・（お招きいただきまして／招いていただいて）、ありがとうございます。
（非常感謝您的招待。）（×招いてもらって）

・色々（ご指導いただき／指導していただいて）、ありがとうございました。
（感謝您的多方指導。）（×指導してもらって）

・当社主催のイベントに（ご出席いただきたく／出席していただきたく）、ご連絡いたしました。（＝出席してもらいたくて）
（我想邀約您參加敝公司主辦的活動，因而向您聯絡。）

練習A

1. （私は） 先生 に お土産を いただきました。
   　　　　 部長

2. （私は） 先生に 日本語を教えて いただきました。
   　　　　　　　　駅まで送って
   　　　　　　　　作文を直して

3. 部長 に 新刊のカバーを 　お 選び 　いただきました。
   　　　　 絵画の作品を 　　　　 見せ
   お客様 に 契約について 　　ご 検討 いただきました。
   　　　　 新製品の発表会に 　　 出席

4. ご 来場 いただきまして／いただき、ありがとうございました。
   　　対応

練習B

1. 例：先生に旅行の写真を見せてもらいました。
   → 先生に旅行の写真を見せていただきました／お見せいただきました。
   ① 部長にゴルフセットを貸してもらいました。
   ② お客様にアンケートを記入してもらいました。
   ③ 申込書を提出してもらった方のみ、入場可能です。

句型三

〜ていただけませんか

　　「〜ていただけませんか」與第 30 課「句型 4」的「〜てくださいませんか」相同，都用於禮貌地請求對方做某事時。

　　這裡亦學習「〜ていただけると／いただければ　ありがたい／嬉しい／幸いです／助かります」... 等表達希望對方能為自己做某事的固定表現。

例 句

・先輩、新しい在庫管理システムの使い方を教えて（いただけませんか／くださいませんか）。

　（前輩，能否請你教我新的庫存管理系統的使用方式？）

・身に覚えのないことで訴えられたので、いい弁護士を紹介して（いただけませんか／くださいませんか）。

　（我莫名其妙被告了，能不能介紹我好的律師呢？）

・ローン審査の進捗状況を、教えていただけるとありがたいのですが...。

　（能否請您能告訴我貸款審查的進度？）

・代わりにやってくださるんですか。そうしていただけると助かります。

　（您要替我做嗎？您這麼做，真的是幫了我大忙。）

・契約書をお送りいたしましたので、お手隙の際にご確認いただければ幸いです。

　（合約已經寄送過去了，再麻煩您有空時幫我確認一下。）

練習 A

1. 購入を検討している　　んですが、　　カタログを送って　　いただけませんか。
   親と連絡が取れない　　　　　　　　　様子を見に行って
   会議に遅れそうな　　　　　　　　　　課長にそう伝えて

2. 早めのご返答をして　　いただけると　　ありがたいです。
   大切に使って　　　　　　　　　　　　嬉しいです。
   日程調整をして　　　　　　　　　　　幸いです。
   なるべく早く対応して　　　　　　　　助かります。

練習 B

1. 例：明日は大事なミーティングがあります・7時に起こします
   → 明日は大事なミーティングがあるので、7時に起こしていただけませんか。
   ① よくわかりません・もう一度説明します
   ② すぐ戻ってきます・少しの間、荷物を預かります
   ③ エアコンが壊れているようです・部屋を変えます
   ④ 空港まで友達を迎えに行きます・車を貸します

2. 例1：検討。　→　ご検討いただければ幸いです。
   例2：打ち合わせの日程を調整します。
   → 打ち合わせの日程を調整していただければ幸いです。
   ① 回答。
   ② 新しいプロジェクトについて詳しく説明します。
   ③ 意見。
   ④ 分析の結果を教えます。

句型四

～（さ）せていただきます

　　此為動詞的使役形加上「～ていただきます」的謙讓語形式。用於表達「說話者向對方表達自己欲做某事」。若使用過去式「～（さ）せていただきました」，則表示「自己主動而為（沒有得到他人許可）已做了某事」，且帶有說話者深感榮幸的語感。動作者助詞使用「～が」。

　　「句型 3」的「～ていただけませんか」亦可與使役形一起使用，以「～（さ）せていただけませんか」的形式來向對方請求允許自己做某事。動作者助詞使用「に」。

例句

・本日は臨時休業させていただきます。（今天我們臨時停業。）

・先生のご著書を読ませていただきました。（我拜讀了老師的著書。）

・欠席の部長に代わり、私がご挨拶させていただきます。
（由我代替缺席的部長來向各位打聲招呼。）

・えー、それでは時間になりましたので、会議を始めさせていただきたいと思います。（嗯，時間到了，我們開始開會吧。）

・気分が悪いので、少し休ませていただけませんか。
（我有點不舒服，能不能讓我稍歇一會兒？）

・この仕事、私にやらせていただけませんか。（這個工作能不能讓我做？）

練習A

1. 締め切りは、今週までとさ　　せていただきます。
   後ほど、担当者が連絡さ
   実家に帰ら

2. コロナで1週間ほど会社を休ま　　せていただきました。
   お土産でいただいた大福を食べさ

3. 早退さ　　せていただきたいんですが、よろしいでしょうか。
   社用車を使わ
   明日、休ま

4. 先生がお書きになった論文、私にも読ま　　せていただけませんか。
   今日は早めに帰ら
   先生の授業を見学さ

練習B

1. 例：報告書、読みます。
   → 報告書、読ませていただきます。
   ① それでは、審査結果を発表します。
   ② 早速、本題に入ります。
   ③ 抹茶、飲みました。美味しかったです。
   ④ 社員研修を受けました。大変、ためになりました。

本文

（ABC商事的青木先生初次打電話給沛可仕的吉田先生洽談業務）

吉田：はい、株式会社ペコスでございます。

青木：初めてお電話いたします。私、ABC商事の青木と申しますが、吉田様はいらっしゃいますでしょうか。

吉田：私が吉田でございますが。

青木：初めまして、ABC商事営業部の青木と申します。この度、ワタナベ商事の中村様から吉田様をご紹介いただきまして、ご連絡させていただきました。

吉田：ああ、青木様ですね。中村様からお話を伺っております。

青木：さようでございますか。
あのう、今、お話ししてもよろしいでしょうか。

吉田：どうぞ。

青木：恐れ入ります。

青木：この度弊社は、台湾の投資家に向けて、日本の収益不動産の販売、管理等の事業を展開してまいりたいと考えておりまして、台湾支社を開設いたしました。

吉田：さようでございますか。おめでとうございます。

青木：ありがとうございます。つきましては、ペコス様が開発、分譲されているマンションを、弊社を通して台湾の投資家の方々にご紹介させていただければと思いまして、お電話を差し上げた次第でございます。
お忙しいところ、恐縮ですが、お会いしてお話しさせていただけますでしょうか。

吉田：ええ。では、来週の月曜日に弊社に来ていただけますか。

青木：承知いたしました。お時間はいかがいたしましょうか。

吉田：そうですね。では、午後3時でよろしいでしょうか。

青木：かしこまりました。では、来週の月曜日の午後3時にお伺いします。

吉田：はい、お待ちしております。

語句練習

01. <u>この件</u>につきましては、私からはご返答できません。
　① 詳細・決まり次第ご案内いたします
　② 詳しい内容・添付ファイルをご覧ください

02. イベントに<u>ご出席</u>いただきたく、<u>ご連絡</u>いたしました。
　① 契約の内容を・確認します
　② 流れの詳細について・教示します

03. <u>代わりにやっ</u>てくださるんですか。
　① お仕事を紹介します
　② 探すのを手伝います

04. <u>お手隙の際に、</u>ご確認いただければ<u>幸い</u>です。
　① お電話をください
　② ご返信いただけますと幸いです。

05. <u>時間</u>になりましたので、<u>会議を始め</u>させていただきたいと<u>思</u>います。
　① それでは、質疑応答に移ります
　② また機会があれば、ぜひご一緒します

06. <u>株式会社ペコス</u>でございます。
　① システム担当の井上
　② こちらが弊社の新製品のパンフレット

07. ABC商事の青木と申します。
　① 新入社員のピエール
　② 営業担当の斉藤

08. 中村様からお話を聞いております。
　① いつもお世話になっています
　② 青木はただいま留守にしています

09. 台湾の投資家に向けて、不動産の販売事業を展開していきます。
　① 就活中の学生さん・会社の説明会を開催しております
　② 職場での人間関係に悩んでいる人・対処法について紹介します

10. 不動産の販売事業を展開してまいりたいと考えております。
　① 詳しく話をお聞きしながら、プロジェクトを進めます
　② お客様の満足度を高めます

11. ご紹介させていただければと思いまして、
　　お電話を差し上げた次第でございます。
　① イベントにご出席いただきたく、ご連絡しました
　② 今後ともよろしくご指導くださいますようお願い申し上げます

12. お時間は、いかがいたしましょうか。
　① お食事
　② 先方への返答

> **延伸閱讀**

不動産投資

　　不動産投資とは、住宅、商業施設、土地などの不動産を購入し、それを賃貸することで収益を得る投資方法です。株や、ＦＸ投資などに比べて、ミドルリスク・ミドルリターンと言われていますが、多くのメリットとデメリットがあります。

　　まず、不動産投資のメリットについて考えてみましょう。不動産投資は安定した収入を得ることができます。毎月の家賃収入は定期的で、長期間にわたる安定したキャッシュフローをもたらします（インカムゲイン）。また、不動産の価値が上昇すれば、売却時にキャピタルゲインを得ることも可能です。不動産は実物資産であり、余程のことがない限り、その価値が完全に消失することはほとんどありません。さらに、不動産投資はインフレに対抗する手段としても有効です。インフレが進行すると、不動産の価格や家賃も上昇する傾向があるため、資産価値が守られると言われています。

　　しかし、不動産投資にはデメリットも存在します。物件の管理や修繕には時間と費用がかかり、空室リスクも無視できません。賃貸の繁忙期を逃してしまうと、半年以上の空室期間が続く

こともあります。また、災害や市場の変動によるリスクも考える必要があります。特に海外不動産を購入する場合、現地の法律や税制について十分に理解していないと、予期しないトラブルが発生することもあります。言語や文化の違いも投資活動に影響を与える要因となりますし、為替変動や、物件の管理など、色々な面から考える必要があるので、安易に海外不動産を購入してしまうと、大きな損失を被ることになるのです。

　最後に、不動産投資が富裕層に人気がある理由を見ていきましょう。

　まず、不動産は大規模な資金を必要とする投資であり、富裕層だからこそ参入できる投資です。また、不動産はレバレッジ効果を活用しやすい投資対象です。つまり、借入金を利用して不動産を購入し、その収益で借入金を返済することで、自己資金以上の投資効果を得ることができます。さらに、不動産は比較的安定した投資先であり、株式などの市場変動に影響されにくいため、リスク分散の手段としても有効だと考えられています。

　以上の理由から、不動産投資は富裕層にとって魅力的な投資手段となっています。

Memo

57

青木様がお見えです。

1. 特殊尊敬語動詞
2. 特殊謙譲語動詞
3. 謙譲語Ⅱ（丁重語）
4. お／ご～です

單字

勤める (動/3)	任職於	お召しになる (尊/5)	穿的尊敬語
見える (動/2)	來的尊敬語	お越しになる (尊/5)	來的尊敬語
溢れる (動/3)	充滿、溢出	ご存知だ (尊/2)	知道的尊敬語
希望する (動/0)	想要的、希望	参る (謙/1)	來的謙讓語
提案する (動/0)	提議、提案說	申す (謙/1)	說的謙讓語
		存じる (謙/3)	知道的謙讓語
混み合う (動/3)	擁擠	おる (謙/1)	在的謙讓語
		ござる (謙/2)	有的謙讓語（特殊活用）
おいでになる (尊/5)	來、在的尊敬語	いただく (謙/0)	得到的謙讓語
召し上がる (尊/4)	吃的尊敬語		
おっしゃる (尊/3)	說的尊敬語（特殊活用）	拝見する (謙/0)	看的謙讓語
ご覧になる (尊/5)	看的尊敬語	拝読する (謙/0)	讀的謙讓語
なさる (尊/2)	做的尊敬語（特殊活用）	ご覧に入れる (謙/0-0)	給人看的謙讓語
くださる (尊/3)	給的尊敬語（特殊活用）	お目にかかる (謙/0-2)	見面的謙讓語
お求めになる (尊/6)	買的尊敬語	先日 (名/0)	前幾天
お休みになる (尊/6)	睡覺的尊敬語	院長 (名/1)	（醫院）院長

詞	中文	詞	中文
御社（名/1）	貴司、貴社	営業部（名/3）	營業部門
本人（名/1）	本人	応接室（名/4）	會客室
光栄（名/0）	榮幸、光榮	高級感（名/3）	高級感
暑中（名/0）	炎熱的夏天之際	見積書（名/0 或 5）	估價單
経緯（名/1）	（事情的）原委	和菓子（名/2）	日式點心
終点（名/0）	終點站	洋菓子（名/3）	西式糕點
新郎（名/0）	新郎		
新婦（名/1）	新娘	熱い（イ/2）	燙
在宅（サ/0）	在家		
別荘（名/3）	別墅	品（名/2）	物品
来訪（名/0）	來訪	釣り（名/0）	找零
立腹（サ/0）	生氣、惱怒	お嬢様（名/2）	令千金、大小姐
会費（名/0）	會費	お見舞い（名/0）	探望、慰問
入金（サ/0）	入帳、進款		
不備（ナ/1）	不完整、不完備	ホーム（名/1）	月台
新規（名/1）	新的、新增的	ダイビング（名/1）	潛水、跳水
過激（ナ/0）	過度激烈	モデルルーム（名/4）	樣品屋
		ロースカツ定食（名/6）	里肌豬排定食

單字

單字	中譯
SDGs(持続可能な開発目標)（名/5）	永續發展目標
迷惑系YouTuber（名/0-3）	迷惑系網紅
間もなく（副/2）	不久、即將
先ほど（副/0）	方才、剛才
一段と（副/0）	更加、越發
大幅に（副/0）	大幅度地
足元が悪い（慣）	因地面狀態導致路不好走
耳にします（慣）	不是刻意要去聽，而偶然聽見
ただいまより（慣）	從現在起（正式場合講法）
熱海（名/1）	熱海（靜岡縣溫泉地）
所沢（名/0）	所澤（埼玉縣地名）
神楽坂（名/3）	神樂坂（東京地名）

～中（お忙しい中）（文型）	之中、之際

Memo

句型一

特殊尊敬語動詞

　　所謂的特殊尊敬語動詞，指的就是使用本身帶有尊敬語義的動詞，來取代原有的動詞，以表達敬意。此種用法並非動詞變化，因此需要將相對應的動詞背起來。

例句

・いつもお世話になっております。営業部の井上さん、いらっしゃいますか。
　（您好，請問營業部的井上先生在嗎？）

・社長、何時ごろ支社へいらっしゃいますか。（社長，您幾點去分公司？）

・いらっしゃいませ。どうぞ、お茶を召し上がってください。（歡迎，請用茶。）

・先生は何とおっしゃっていましたか。（老師＜當時＞是怎麼說的？）

・課長、先日提出させていただきましたレポート、もうご覧になりましたか。
　（課長，我先前提出的報告，您看了嗎？）

・お休みの日はいつも何をなさっていますか。（您假日都在做什麼呢？）

・新しい先生のお名前、ご存知ですか。（您知道新老師姓什麼嗎？）

・先生はもうお休みになりました。（老師已經休息＜去睡＞了。）

・あちらの方は院長夫人でいらっしゃいますか。（那一位是院長夫人嗎？）

練習A

一般動詞	尊敬語動詞	一般動詞	尊敬語動詞	一般動詞	尊敬語動詞
来ます	いらっしゃいます	言います	おっしゃいます	着ます	お召しになります
	おいでになります	見ます	ご覧になります	死にます	亡くなられます
行きます	いらっしゃいます	します	なさいます	知っています	ご存知です
います	おいでになります	くれます	くださいます	知りません	ご存知ないです
食べます	召し上がります	買います	お求めになります	~です	~でいらっしゃいます
飲みます		寝ます	お休みになります		

練習B

1. 例：社長はもう来ましたか。（はい）
   → A：社長はもういらっしゃいましたか。
   　　B：はい、（もう）いらっしゃいました。
   ① 部長はもう昼食を食べましたか。（はい）
   ② 社長夫人も忘年会に来ますか。（はい）
   ③ 社長は会議室で何を見ていますか。（決算書）
   ④ 先生はそのことを知っていますか。（いいえ、知らないと思います）

2. 例：明日も来ますか。（はい）
   → A：明日もおいでになりますか。　　B：はい。明日も来ます。
   ① 昨日、何時に寝ましたか。（夜11時）
   ② お嬢様、どちらのお洋服を着ますか。（このワンピースにします）

句型二

特殊謙讓語動詞

　　所謂的特殊謙讓語動詞，指的就是使用本身帶有謙讓語義的動詞，來取代原有的動詞，以表達謙讓。此種用法並非動詞變化，因此需要將相對應的動詞背起來。

例句

・楊と申します。中国から参りました。今、高田馬場に住んでおります。
（敝姓楊。我從中國來的。現在住在高田馬場。）

・御社へ伺いたいと存じますが、明日ご都合はいかがでしょうか。
（我想過去拜訪貴公司，請問您明天方便嗎？）

・社長の名前なら存じておりますが、部長の名前は存じておりません。
（社長的姓氏我知道，但我不知道部長姓什麼。）（※註：×存じません）

・ちょっと伺いますが、トイレはどちらにございますか。（請問廁所在哪裡。）

・さっき私がいただいたケーキをもう1つください。部長夫人に差し上げます。
（剛剛我吃的蛋糕再給我一個。我要給部長夫人。）

・先生のご本を拝読いたしました。実際にご本人にお目にかかれて光栄です。
（我拜讀了老師您的著作。能實際見到您本人，我深感光榮。）

・お探しの資料、ございますよ。こちらでございます。（有您要找的資料喔。就是這個。）

練習 A

一般動詞	謙譲語動詞	一般動詞	謙譲語動詞	一般動詞	謙譲語動詞
来ます 行きます	参ります 伺います	言います	申します 申し上げます	知っています 知りません	存じております 存じません
います	おります	見ます	拝見します	します	いたします
食べます 飲みます	いただきます	読みます	拝読します	あります	ございます
		聞きます	伺います	〜にあります	〜にございます
もらいます	いただきます	会います	お目にかかります	〜です	〜でございます
あげます	差し上げます	見せます	ご覧に入れます	〜と思います	〜と存じます

練習 B

1. 例：昨日、社長のお宅へ<u>行きました</u>。
   → 昨日、社長のお宅へ伺いました。
   ① 来週また<u>来ます</u>。
   ② 私はイロハ商事に<u>勤めています</u>。
   ③ 資料は後でゆっくり<u>見ます</u>ね。
   ④ 来週、<u>引っ越しします</u>。
   ⑤ 昨日、部長のお宅でケーキを<u>食べました</u>。旅行のお土産も<u>もらいました</u>。
   ⑥ <u>見せたい</u>ものが<u>ありまして</u>、ちょっとよろしいでしょうか。
   ⑦ 私から一言<u>言って</u>もよろしいでしょうか。（※註：申し上げます）
   ⑧ その件については、何も<u>聞いていません</u>。何も<u>知りません</u>。

句型三

謙讓語Ⅱ（丁重語）

謙讓語，嚴格說來又可分為「謙讓語Ⅰ」與「謙讓語Ⅱ（丁重語）」。兩者之間的差別，就在於「謙讓語Ⅰ」需要有動作的「對象」，但「謙讓語Ⅱ（丁重語）」則不需要有動作的「對象」。

「謙讓語Ⅰ」專用的特殊謙讓語動詞，有：伺います、申し上げます、拝見します、差し上げます、存じ上げます、いただきます...等。使用這些詞彙時，需要有對象的存在。

- （×）荻原と申し上げます。（沒對象）→（○）荻原と申します。
（敝姓荻原。）
- 暑中お見舞い申し上げます。（有對象）（謹在此向您呈上夏季的問候。）

「謙讓語Ⅱ（丁重語）」專用的特殊謙讓語動詞，有：「おります」。

- 昨日は一日中自宅におりました。（沒對象）（昨天我一整天都待在家裡。）

「謙讓語Ⅰ」與「謙讓語Ⅱ（丁重語）」兩者通用的特殊謙讓語動詞，則是有：参ります、いただきます、申します、いたします、存じております...等。這些通用的詞彙可同時用於有動作對象與無動作對象的語境。

- 明日、東京へ参ります。（沒對象）（明天要去東京。）
- 明日、先生のお宅に参ります。（有對象）（明天要去拜訪老師家。）

上述，是使用特殊謙讓語動詞的方式來表達「謙讓語Ⅱ（丁重語）」的。但除了上述方式外，亦可使用加上「～いたします」的形式來表達「謙讓語Ⅱ（丁重語）」。

也就是說，「謙讓語II（丁重語）」的表達方式有二：一為加上「〜いたします」的形式；一為使用「特殊謙讓語動詞」。

・私は午後3時の新幹線に（× ご乗車します／○ 乗車いたします）。
（我將會搭乘下午三點的新幹線。）

「乗車する」是我個人的行為，並不需要對象的存在，因此不可使用「謙讓語I」的「お／ご〜する」的型態，僅可使用「謙讓語II（丁重語）」的「〜いたします」的型態。最後，「謙讓語II（丁重語）」除了用來講述「人的動作」以外，亦可用來講述「事物的狀態」（如用例中的下雨、電車到達）。

例句

・明日の便でアメリカへ出発いたします。（我搭明天的班機出發前往美國。）

・今後も努力して参ります。（今後我會繼續努力。）

・初めまして。私、鈴木と申します。（初次見面，敝姓鈴木。）

・この件の経緯はよく存じております。（我很清楚這件事情的原委。）

・わあ、美味しそう。いただきます。（哇，好好吃喔。開動。）

・電車は間もなく終点に到着いたします。（電車即將到達終點站。）

・朝からずっと強い雨が降っております。（從早上就一直下著很大的雨。）

句型四

お／ご～です

此為表「目前狀態」的尊敬語形式，其表達的時間究竟為未發生、已發生、抑或是正在進行，則需從前後文來判斷。連用形僅有一音節的動詞不可使用此形式。

例句

・お客様がお待ちです。（＝待っています）（客人在等了。）

・お客様がご到着です。（＝到着しました）（客人到了。）

・ただいまより、新郎新婦のご入場です。（＝入場します）（讓我們歡迎新郎新娘入場。）

・荻原先生は今、ご在宅でしょうか。（＝家にいますか）（荻原老師現在在家嗎？）

・お手続きはお済みでしょうか。（＝済みましたか）（請問您手續辦好了嗎？）

・社長は熱海に別荘をお持ちだそうです。（＝持っています）（聽說社長在熱海有別墅。）

・連休はどちらでお過ごしですか。（＝過ごしますか）（您連假要在哪裡渡過呢？）

・昨日は名古屋にお泊まりでしたか。（＝泊まりました）（您昨天下榻名古屋啊。）

・事故が起きた当時のことをお覚えですか。（＝覚えていますか）
（您還記得事故發生時的事情嗎？）

練習A

1. お客様が お ┃呼び┃ です。
    　　　　　　帰り
    　　　　　　見え
    　　　　ご ┃出発┃ です。
    　　　　　　立腹
    　　　　　　来訪

練習B

1. 例：所沢へお越しのお客様、3番ホームでお乗り換えください。
    　　{これから行く・もう行ってきた}
    ① 会費のご入金はお済みでしょうか。{これからやる・もう済んだ}
    ② 井上さん、お客様が会議室でお待ちです。{今待っている・待つ予定だ}
    ③ もうお帰りですか、まだ早いのに。{これから帰る・もう帰った}

2. 例：3番ホームに急行電車が来ます。{参ります・伺います}
    ① お世話になります。春日と言います。{申します・申し上げます}
    ② 遅刻の理由は先ほど課長に言いました。{申しました・申し上げました}
    ③ 昨日、北海道へ行きました。{参りました・伺いました}
    ④ 昨日、先生のお宅へ行きました。{参りました・伺いました}
    ⑤ 一段と寒くなってきましたね。{参りました・伺いました}
    ⑥ 私は昨日、事務所にいました。{おりました・いらっしゃいました}

本文

（ABC 商事的青木先生前往拜訪沛可仕的吉田先生）

受付：いらっしゃいませ。
青木：ABC 商事の青木と申します。
　　　吉田部長にお目にかかりたいのですが…。
受付：お呼びいたします。あちらにおかけになって、
　　　お待ちください。

（櫃檯打電話給吉田部長）

受付：1階の受付です。
　　　吉田部長にABC商事の青木様がお見えです。

（櫃檯帶領青木先生至會客室）

受付：青木様、お待たせいたしました。5階の応接室まで
　　　ご案内いたします。エレベーターはこちらでございます。
　　　どうぞ、お乗りください。

（秘書來為青木先生奉茶）

秘書：青木様、お茶とコーヒーがございますが、
　　　どちらになさいますか。
青木：ありがとうございます。では、お茶をいただきます。
秘書：お茶をお持ちいたしました。
　　　熱いので、お気をつけてお召し上がりください。

（吉田部長於會客室接待青木先生）

吉田：吉田でございます。本日はわざわざお越しいただき、

ありがとうございます。

青木：こちらこそ、お忙しい中お時間を割いていただき、

ありがとうございます。

青木：先ほど、1階のロビーで御社のモデルルームを

拝見させていただきました。高級感溢れるデザインで、

大変素晴らしゅうございました。

すでにご存知かと思いますが、現在、

日本の不動産をお求めになりたい台湾の投資家が

大変多い状況にございまして。

中でも御社が分譲されているような高級マンションが

特に人気でございます。

あのう、一つお伺いしたいのですが、御社は今まで

海外への事業展開をお考えになったことが

ございますでしょうか…。

語句練習

01. <u>先日</u>提出させていただき<u>ました</u>レポート、もうご<u>覧</u>になりましたか。
　① ご注文いただきました・お品・お持ちいたしました
　② お送りしました・見積書・内容に不備があり、大変失礼いたしました

02. <u>楊</u>と<u>申</u>します。<u>中国</u>から<u>参</u>りました。<u>今</u>、<u>高田馬場</u>に<u>住</u>んでおります。
　① ピエール・フランス・神楽坂
　② 鄭・台湾・吉祥寺

03. <u>トイレは</u>あちらに<u>ございます</u>。
　① 会議室・3階
　② 書類・机の上

04. <u>お探しの資料</u>、ございますよ。こちらでございます。
　① お求めの商品
　② ご希望のデータ

05. <u>吉田部長に</u>、ABC<u>商事の青木様が</u>お<u>見</u>えです。
　① 荻原先生・ワタナベ商事の伊藤様
　② 営業部の井上さん・お客様

06. <u>お茶とコーヒーがございますが</u>、どちらになさいますか。
　① （お土産には）和菓子・洋菓子
　② （本日のランチは）ロースカツ定食・天丼

07. 熱いので、お気をつけてお召し上がりください。
　① 滑りやすい・お渡り
　② 朝から大雨で足元が悪い・お越し

08. お時間を割いていただき、ありがとうございます。
　① ご提案の内容を見ます
　② 依頼を引き受けます

09. 大変素晴らしゅうございますよ。
　① 今日は暑いです（→お暑う）・ね
　② ご注文は以上でよろしい（→よろしゅう）・か

10. 現在、不動産を買いたい投資家が大変多い状況にございます。
　① 電話は大変混み合って、繋がりにくいです
　② コロナの新規感染者数が大幅に増加しています

11. 中でも御社が分譲されているような高級マンションが特に人気でございます。
　① ダイビングや釣りなどのアウトドアスポーツ
　② 過激な内容の動画で「いいね」を稼ぐ迷惑系YouTuber

12. 今まで海外への事業展開をお考えになったことがございますでしょうか…。
　① AIによって自動生成された動画をご覧になった
　② SDGsという言葉を耳にされた

延伸閱讀

日本での起業

　外国人が日本で起業するためには、いくつかの重要なステップを踏む必要があります。その具体的な手順とポイントを見てみましょう。

① ビザの取得
　外国人が日本で事業を開始するためには、「経営管理ビザ」が必要です。このビザを取得するためには、以下の要件を満たす必要があります。
・事業計画書の提出：事業内容や収支計画、事業の将来性について詳細に記述した計画書が必要です。
・事務所の確保：実際に事業を行うための事務所を日本国内に設置する必要があります。
・資本金の準備：最低でも500万円以上の資本金を準備することが求められます。

② 事務所の確保
　事務所を借りる際には、いくつかの困難が伴います。日本では賃貸契約時に保証人が必要となることが多く、外国人にとってはハードルが高い場合があります。この問題を解決するためには、専門の不動産会社やコンサルタントのサポートを受けることが有効です。

③ 銀行口座の開設
　銀行口座を開設する時にも、外国人にはいくつかのハードルがあります。日本の銀行は新規口座開設に慎重であり、特に外国人の場合、追加の書類や情報を求められることが多いです。必要

な書類には、パスポート、在留カード、事業計画書、事務所の賃貸契約書などがあるので、予め準備しておくといいでしょう。

　　経営管理ビザの取得前に銀行口座に資本金を入金しなければなりません。しかし、その入金のための銀行口座を作る際には、在留カード（ビザ取得後に発給）を求められるため、堂々巡りになることが多いです。こんな状況に遭遇したら、専門のコンサルタントにお願いするといいでしょう。

④ 登記と許認可
　　会社を設立するには、法務局での登記が必要です。また、事業の種類によっては、特定の許認可が必要となる場合があります。例えば、飲食業を始める場合、保健所からの許可が必要です。登記手続きや許認可申請は専門的な知識が必要な場合が多いため、司法書士や行政書士に依頼することをお勧めします。

⑤ 文化とビジネスマナーの理解
　　日本でのビジネスを成功させるためには、日本の文化やビジネスマナーを理解することも重要です。日本では、ビジネスの場での礼儀や細かなルールが重視されます。これを理解し、実践することで、ビジネスの円滑な運営が可能となります。

結論：
　　外国人が日本で起業するには、適切なビザの取得、事務所の確保、銀行口座の開設、登記や許認可の取得、そして文化とビジネスマナーの理解が必要です。これらのステップをクリアするためには、専門のサポートを受けることが大変有効です。適切な準備と情報収集を行い、日本でのビジネスを成功させましょう。

Memo

58

土曜日(どようび)に、
お会(あ)いすることにしましょう。

① 〜ことになりました／なります

② 〜ことになっています

③ 〜ことにしました／します

④ 〜ことにしています

單字

放る (動/0)	拋、扔、放任	切り上げる (動/4)	把工作告一段落
失う (動/0)	失去、丟失	理解し合う (動/1-1)	互相理解
継ぐ (動/0)	繼承	取って代わる (動/1-0)	取代、頂替
訪ねる (動/3)	訪問、拜訪		
ずらす (動/2)	挪開、錯開	ツイートする (動/0)	發推文
悔やむ (動/2)	懊悔、悔恨	ゆっくりする (動/3)	慢慢來
見つける (動/0)	找到、發現		
		目を通す (慣)	過目、稍微看過
完済する (動/0)	（債務）清償	命を絶つ (慣)	將...的生命結束、自殺
担当する (動/0)	負責、擔任	時間が空く (慣)	有空、時間空了出來
発表する (動/0)	發表	賃貸に出す (慣)	將（房屋）出租
発覚する (動/0)	（犯罪）暴露、發現	予定を空ける (慣)	把時間、行程空出來
転職する (動/0)	換工作、改行	日記をつける (慣)	寫日記
挑戦する (動/0)	挑戰	スケジュールを立てる (慣)	立定計畫
締結する (動/0)	簽訂、締結		
		私事 (名/0)	私事
追い出す (動/3)	趕出去、驅逐	業績 (名/0)	業績
売り払う (動/4)	賣掉、賣光		

悪化(あっか)（サ/0）	惡化	社外(しゃがい)（名/1）	公司外部的
他社(たしゃ)（名/1）	其他公司	次回(じかい)（名/1）	下次、下回
本社(ほんしゃ)（名/1）	總公司	入荷(にゅうか)（サ/0）	（商品）進貨
債務(さいむ)（名/1）	債務	未定(みてい)（ナ/0）	未決定
兄弟(きょうだい)（名/1）	兄弟		
男子(だんし)（名/1）	男生、男子	歓迎会(かんげいかい)（名/3）	歡迎會
長男(ちょうなん)（名/1 或 3）	長子	経営陣(けいえいじん)（名/3）	經營團隊
兵役(へいえき)（名/0）	兵役	悪影響(あくえいきょう)（名/3）	不良影響
構内(こうない)（名/1）	（建築物）的裡面	必需品(ひつじゅひん)（名/0）	必須用品
私服(しふく)（名/0）	便服	秘密鍵(ひみつかぎ)（名/3）	區塊鏈技術的私鑰
昼寝(ひるね)（サ/0）	睡午覺	本契約(ほんけいやく)（名/3）	正式契約
外食(がいしょく)（サ/0）	在外（餐館等）吃飯	繁忙期(はんぼうき)（名/3）	旺季、繁忙時節
通話(つうわ)（サ/0）	講電話	就職先(しゅうしょくさき)（名/0）	就業處
用件(ようけん)（名/3）	事情（的內容）	税理士(ぜいりし)（名/3）	稅務代理人、會計師
案件(あんけん)（名/0）	案子、案件	資本金(しほんきん)（名/0）	資本額
過労(かろう)（名/0）	疲勞過度	再調整(さいちょうせい)（サ/3）	再度協調
納期(のうき)（名/1）	（商品）交付期限	基本的(きほんてき)（ナ/0）	基本的
増資(ぞうし)（サ/0）	增加資本		

69

單字

介護施設 (名/4)	護理之家、長照中心	自ら (副/1)	親自、自身
老後貧乏 (名/4)	晚年貧困	いずれ (副/0)	早晚、遲早
株主総会 (名/5)	股東大會	いまさら (副/0)	事到如今、現在才…
委託契約 (名/4)	業務外包契約	早急に (副/0)	盡快、趕快
通勤電車 (名/5)	通勤列車	前向きに (副/0)	積極正向地
職 (名/0)	職業、工作	口が軽い (慣)	嘴不緊、守不住嘴
お互い (名/0)	雙方、彼此	～うち（に）(文型)	趁著…
品切れ (名/0)	售完、缺貨	～かたがた (文型)	順便、兼做別的事
知らせ (名/0)	通知、告知	～甲斐 (文型)	值得做…、有做的價值地…
夜更かし (名/2)	熬夜		
サミット (名/1)	高峰會、首腦會談	～宛 (接尾)	（信件等）寄給…、致…
セミナー (名/1)	研討會		
ジョギング (名/0)	慢跑	～における (文型)	於…、對…、在…
PDF (名/5)	可攜式文件檔案		
		埼玉 (名/1)	埼玉（關東地區地名）

Memo

句型一

〜ことになりました／なります

「〜ことになりました」，用於表達「因天時地利人和，事情自然演變致這個結果」，並強調「非說話者單方面決定的結果」。若使用「〜ことになります」，則表示未來「事情將會演變成…的結果」。經常配合條「〜と」使用，來「警告」聽話者「切勿這麼做」。

例句

・転勤（てんきん）で埼玉（さいたま）へ引（ひ）っ越（こ）すことになりました。（我因為調職，要搬去埼玉了。）

・私事（わたくしごと）で恐縮（きょうしゅく）ですが、この度（たび）、結婚（けっこん）することになりましたのでご報告（ほうこく）します。
（很抱歉向您報告我的私事。我要結婚了。）

・親（おや）と相談（そうだん）した結果（けっか）、大学院（だいがくいん）へは進学（しんがく）しないことになった。
（和雙親商量的結果，決定不去讀研究所了。）

・業績悪化（ぎょうせきあっか）のため、他社（たしゃ）にこの事業（じぎょう）を売却（ばいきゃく）することになった。
（因為業績惡化，所以公司只好將這個業務賣給其他公司。）

・この病気（びょうき）は、そのまま放（ほう）っておくと大変（たいへん）なことになりますよ。
（這個病如果放置不管不去治療，就會演變成大事情喔。）

・毎日夜更（まいにちよふ）かしをすると、年（とし）を取（と）ったら後悔（こうかい）することになるよ。
（你如果每天都熬夜，等你老了之後你一定會後悔喔。）

練習 A

1. 明日から出張する
   本社で研修を受ける　　　ことになりました。
   結婚式は延期する
   今年の入社式は行わない

2. また遅刻をしたら、あなたは職を失う
   早く治療しないと、死ぬ　　　ことになりますよ。
   債務を完済できない場合、会社は倒産する

練習 B

1. 例：来週、入院します。　→　来週、入院することになりました。
   ① 大学を辞めます。
   ② 来月、国へ帰ります。
   ③ この仕事は、私が担当します。
   ④ 明日開催予定のサミットには、出席しません。
   ⑤ 兄弟で相談した結果、父を介護施設に入れます。
   ⑥ 父が住んでいた実家は売却しないで、賃貸に出します。

2. 例：このままでは大変です。　→　このままでは大変なことになりますよ。
   ① 家賃滞納を続けると、アパートから追い出されます。
   ② 若いうちに投資について勉強しておかないと、一生悔やみます。

句型二

〜ことになっています

「〜ことになっています」，用於表達「目前的預定」。此外，亦可用於表達「一直以來所維持、遵循的慣例或規則」。強調「並非某人現在才剛做的決定，而是早就已經被決定好，（將來）是要 ... 的」。

例句

・来週、アメリカへ出張することになっています。（下個月預定要到美國出差。）

・これから取引先と会うことになっているから、その件はまた後で。

（我等一下 < 預定好了 > 要和客戶見面，那件事之後再談。）

・我が家では、最後にお風呂に入る人が掃除をすることになっています。

（我們家 < 一直以來 > 都是最後洗澡的人要清潔浴室。）

・ここでは、写真を撮ってはいけないことになっていますよ。

（這裡 < 規定 > 不能照相喔。）

・勉強会の後は、みんなでランチすることになっているから予定を空けといてね。

（讀書會結束後，大家都會一起吃午餐，請把時間空出來喔。）

・この国の男子は、18歳になったら兵役に行かなければならないことになっている。

（這個國家的男生到了 18 歲就得去當兵。）

練習A

1. 今度の日曜日に、蔡さんの送別会を開く　　ことになっています。
   来週、新製品を発表する
   本日、首相が弊社へいらっしゃる

2. 我が家の長男は、代々父親の仕事を継ぐ　　ことになっています。
   駅の構内では、たばこを吸ってはいけない
   社内では、私服を着てもいい
   お客様と会う時は、スーツを着なければならない

練習B

1. 例：今晩、海外からのお客様を空港へ迎えに行きます。
   → 今晩、海外からのお客様を空港へ迎えに行くことになっています。
   ① お客様の歓迎会は、ホテルで開催します。
   ② 明日、お客様に新製品を見ていただきます。
   ③ 今回は、私がお客様を案内します。

2. 例：うちの学校では、毎日40分ほど昼寝をします。
   → うちの学校では、毎日40分ほど昼寝をすることになっています。
   ① 毎週土曜日の夜は、夫と一緒に外食をします。
   ② 電車の中では、通話をしてはいけません。
   ③ 会社を休む時は、前日までに上司に連絡しなければなりません。

句型三

～ことにしました／します

「～ことにしました」，用於表達說話者「有意志地對於將來的行為做了決定」。句尾若使用表過去的「～しました」，則代表「此決定之前就已經做了」。若使用非過去的「～ことにします／ことにしましょう」，則表示「現在當下剛剛做出決定」。

例 句

・今付き合っている彼女と、結婚することにしました。

（我決定要和現在交往中的女朋友結婚。）

・今度の連休はどこへも旅行へ行かないで、うちでゆっくりすることにした。

（這次的連假，我決定不去任何地方旅行，要在家好好放鬆度過。）

・病気が発覚した日から、健康のために毎日運動することにした。

（從知道自己生病那天開始，我就已決定要為了身體健康而每天運動。）

・急いでも、もう間に合いそうにないので、次の新幹線で行くことにしよう。

（就算趕，看樣子應該也來不及了，我們搭下一班新幹線去吧。）

・A：株主総会に出ないんですか。（你不參加股東大會嗎？）
　　経営陣に自分の意見を聞いてもらういい機会なのに。

（這是讓經營團隊可以聽見你意見的好機會耶。）

　B：そうですね。では、出席することにします。

（也對，那我決定出席。）

練習A

1. 誕生日パーティーは、うちで開く　　　ことにしました。
   やり甲斐がないので、仕事を辞める
   健康のために、もうお酒は飲まない

2. 頭が痛いので、今日は早く寝る　　　ことにします。
   契約のために、明日もう一度お客様の所に伺う
   これからは脂っこいものは食べない

練習B

1. 例：明日から、毎朝ジョギングをします。
   → 明日から、毎朝ジョギングをすることにした。
   ① 大学を卒業したら、父親の会社を継ぎます。
   ② 次の連休は、家族で海外旅行をします。
   ③ お互い価値観が違うから、彼と別れます。
   ④ 嫌な奴が来るから、今夜のパーティーには行きません。

2. 例：飲み過ぎると頭が痛くなるから、お酒はもうやめます。
   → 飲み過ぎると頭が痛くなるから、お酒はもうやめることにする。
   ① 大学卒業後は、父親の会社を継がないで自分で起業します。
   ② 生活に困っているので、父親の土地を売り払います。
   ③ この仕事は、いずれAIに取って代わられるから、今のうちに転職します。
   ④ 彼女は口が軽いから、もう彼女には何も話しません。

句型四

〜ことにしています

　　「〜ことにしています」，用於表達「之前就已經做下的決定，且到目前為止，說話者都還遵循、維持著這個決定」。因此亦可用於表達「一直以來，一直維持著的一個習慣」。

例句

- 健康のために、毎朝 30 分ほど、近くの公園を散歩することにしている。

　（為了健康，我每天早上都會在附近的公園散步 30 分鐘左右。）

- 日本語が上手になるように、日本語でツイートすることにしている。

　（為了使日文更進步，我都用日文發推文。）

- 通勤電車の中では、ポッドキャストを聴くことにしています。

　（我一直有在通勤電車中，聽 podcast＜播客＞的習慣。）

- 遅刻しそうな時は、バスではなく、駅まで走って行くことにしています。

　（快要遲到的時候，我不是搭巴士，而是用跑的跑到車站＜去搭電車＞。）

- 結婚式の前に太るといけないから、最近は甘い物を食べないことにしています。

　（結婚典禮之前發胖就不好了，所以最近我都不吃甜食。）

- 悪影響を受けてしまいますから、子供には迷惑系 YouTuber の動画を見せないことにしています。

　（因為會受到不好的影響，所以我都不讓小孩看搞怪的 YouTuber 影片。）

練習 A

1. 毎日日記をつける　　　　　　　ことにしています。
   毎朝6時に起きる
   給料をもらったら、15％ 貯金する

2. 眠れなくなる　　　　　　　から、　夜はコーヒーを飲まない
   貯金したい　　　　　　　　　　　必需品以外のものは買わない
   家族との時間を大切にしたい　　　仕事は家庭に持ち込まない

   ことにしているんです。

練習 B

1. 例：ダイエットしています・夜食は食べません（ので）
   → ダイエットしているので、夜食は食べないことにしています。
   → ダイエットしているので、夜食は食べないようにしています。
   ① 認知症予防です・新しいことには挑戦します（ために）
   ② 老後貧乏になりません・給料の10％を株に投資します（ように）
   ③ 大事な用件は電話ではありません・会って伝えます（ではなく）
   ④ 忘れるといけません・
   　ビットコインの秘密鍵は紙に書いて金庫にしまいます（から）

本文

（青木先生打電話給律師荻原先生，討論有關於契約問題）

荻原夫人：はい。荻原です。
青木　　：私、ABC商事の青木と申しますが、荻原先生、
　　　　　ご在宅でしょうか。
荻原夫人：はい。少々お待ちください。

荻原：お電話代わりました。荻原です。
青木：荻原先生、いつも大変お世話になっております。
　　　先日、契約の件で、ご連絡させていただきました
　　　青木です。
荻原：ああ、青木さん。どうも、お世話様です。
青木：実はこの度、弊社は、株式会社ペコスさんと海外に
　　　おける不動産販売委託契約を締結することになりました。
　　　つきましては、本契約の前に、契約書の内容を先生に
　　　ご確認いただきたいのですが、先生の今週のご都合を
　　　お聞かせ願えますでしょうか。前回のお礼かたがた、
　　　先生のお宅にお伺いしたく存じております。
荻原：そうですね。今週は他の案件で大阪へ行くことになって
　　　いるので、来週の初めごろなら今のところは大丈夫です。
青木：実は、契約は来週の月曜日にすることになっておりまして、
　　　できれば今週中に見ていただきたかったのですが。

荻原：ずいぶん急ですね。わかりました。
大阪での仕事を早く切り上げて、金曜の夜に東京に戻ってくるから、土曜の午前中に、お会いすることにしましょう。10時ごろに自宅においでください。

青木：大変お忙しい中、お時間を作っていただきありがとうございます。

荻原：あっ、とりあえず、契約書をPDFにして送ってもらえますか。時間が空いている時に目を通しておきますから。

青木：かしこまりました。
後ほど先生のメール宛に送信させていただきます。

語句練習

01. 親と相談した結果、大学院へは進学しないことになった。
   ① いろいろ調べました・先生が間違っていることに気がついた
   ② 二人で話し合いました・お互いに理解し合えないところがあって別れた

02. 業績悪化のため、他社に事業を売却することになった。
   ① 過労・自ら命を絶った
   ② 繁忙期・納期の調整をお客様にお願いする場合がございます

03. これから取引先と会うことになっているから、その件はまた後で。
   ① お客様が来ます
   ② 大阪支社へ行きます

04. 急いでも、もう間に合いそうもないので、次の新幹線で行くことにしよう。
   ① 頑張ります・マイホームは買えません・
      ボーナスを貯金しないで全部使っちゃおう
   ② いまさら一生懸命勉強します・大学に受かりません・
      諦めて就職先を見つけよう

05. 私、ABC商事の青木と申しますが、荻原先生、ご在宅でしょうか。
   ① ワタナベ商事の伊藤・陳社長
   ② 税理士の新井・長谷川様

06. 先日、契約の件で、ご連絡させていただきました青木です。
   ① 御社の資本金の増資・説明・税理士の新井
   ② ご自宅のリフォーム・案内・小澤

07. **つきましては、**契約書の内容を先生にご確認いただきたいのですが…。
　① （来月の初めに社外セミナーを予定しております。）
　　以下の日程の中からご都合の良い日時をすべてお知らせいただけますと幸いです
　② （こちらの商品は品切れとなっております。）
　　次回入荷分のご予約ができますが、いかがいたしましょうか

08. **お礼かたがた、**先生のお宅にお伺いしたく存じております。
　① ご挨拶・お知らせ申し上げます
　② お見舞い・家を訪ねることにした

09. 先生のお宅にお伺い**したく存じております。**
　① この件については、早急に対応いたします
　② ご提案に関して、前向きに検討いたします

10. **来週の初めごろ**なら、**今のところは大丈夫です。**
　① （今日のミーティングですが）午後3時から
　② （会議の時間を少しずらしてもらえますか？）3時半以降

11. **できれば、**今週中に見**ていただければと思っておりまして…。**
　① 会議の前日までに資料を送ります
　② 会議の日程を再調整します

12. **とりあえず、**契約書をPDFにして、送ってもらえませんか。
　① （詳細は未定ですが）基本的なスケジュールを立てておきますね
　② （会議の時間まで少しありますので）コーヒーでも飲みましょうか

延伸讀讀

契約の締結

　ビジネスの相手と契約を結ぶ際には、以下の注意事項や手順に従うことが重要です。これにより、双方が納得し、スムーズにビジネスを進めることができます。

① 契約内容の確認と明確化
　契約の目的や範囲を明確にし、双方が同じ理解を持つようにします。契約書に具体的な業務内容、提供する商品やサービス、納期、品質基準などを記載します。
　価格や支払い条件、納期、納品方法、リスク分担、保証、クレーム対応など、重要な条件について詳細に確認します。

② リスクの管理
　契約に関連する法律や規制を確認し、法的に適切な契約内容になっているかを確認します。必要に応じて、法律の専門家（弁護士）に相談することも重要です。
　契約を解除する際の条件や手続きを明確に記載します。これにより、予期しないトラブルが発生した場合でもスムーズに対応できます。

③ 契約書の作成と確認
　契約書のドラフトを作成し双方で内容を確認します。この段階で、誤解や不明点を解消します。

契約書の内容を慎重に見直し、必要な修正を行います。すべての条項が双方にとって理解可能であることを確認します。

④ 契約書の署名と保管

最終的な契約書に双方が署名し、捺印します。署名前に、契約書の内容を再度確認し、誤りや不備がないことを確認します。

署名済みの契約書を双方で保管します。契約書は法的に有効な証拠となるため、安全な場所に保管し必要なときにすぐに参照できるようにします。

⑤ 契約履行の監視と管理

契約に基づき、合意した内容を履行します。進捗状況を定期的に確認し、問題が発生した場合には速やかに対処します。

ビジネスパートナーとの定期的なコミュニケーションを維持し、契約に関する状況や問題点を共有します。これにより、トラブルの予防や早期解決が可能となります。

結論：

ビジネス契約を結ぶ際には、契約内容の明確化、リスク管理、契約書の詳細な確認と保管、そして契約履行の監視が重要です。これらの手順を踏むことで、トラブルを未然に防ぎ、円滑なビジネス関係を築くことができます。

Memo

59

荻原先生に確認していただいて
いるところです。

1. 〜ことです
2. 〜こと（は）ありません
3. 〜ところです
4. 〜ところでした

單字

嫌う (動/0)	厭惡、忌避	参入する (動/0)	進入、搶食（市場）
怠る (動/3 或 0)	怠慢、懶惰	修正する (動/0)	修正
固める (動/0)	鞏固、使…定下來	準備する (動/1)	準備
任せる (動/3)	託付、交給…來辦	手配する (動/1)	安排、籌備
済ませる (動/3)	辦完、把…完成	違反する (動/0)	違反
漏らす (動/2)	洩漏（秘密）		
		怖がる (動/3)	感到害怕
見下す (動/3)	輕視、看不起	悔しがる (動/4)	感到懊悔、遺憾
見送る (動/0)	送行、送別	恥ずかしがる (動/5)	感到羞恥、害羞
見逃す (動/0)	看漏、錯過		
見落とす (動/3 或 0)	看漏、忽略而過	イライラする (動/1)	焦躁著急、煩躁
		うっかりする (動/3)	恍神、不留神
維持する (動/1)	維持	なんとかする (動/1)	設法、想辦法
閲覧する (動/0)	閱覽		
理解する (動/1)	理解、體諒	追い抜く (動/3)	超過、追過、趕過
加入する (動/0)	參加、加入	言いつける (動/4)	告密、告狀
作成する (動/0)	寫（計畫、文件）	乗り遅れる (動/5)	沒趕上車
証言する (動/3)	作證	売り損ねる (動/5)	來不及賣掉

引き締まる (動/4)	（身材）緊實	名簿 (名/0)	名冊、名簿
		電柱 (名/0)	電線桿
無茶をする (慣)	蠻橫、超過限度	増額 (サ/0)	増加金額、加價
ダメにする (慣)	搞砸	条項 (名/0)	條款
		罰則 (名/0)	處罰條例、罰規
手が届く (慣)	觸手可及	指摘 (サ/0)	指出、指摘
気を配る (慣)	留神、注意	栄養 (名/0)	營養
気にする (慣)	在意、介意	予算 (名/0 或 1)	預算
頭に来る (慣)	惱火、生氣	十分 (イ/3)	足夠、充分
身につける (慣)	習得、養成	有効 (ナ/0)	有效
許可を取る (慣)	取得允許	消費者 (名/3)	消費者
責任を取る (慣)	負責	語彙力 (名/2)	詞彙能力
赤点を取る (慣)	考試不及格	不可欠 (ナ/2)	不可或缺、不可少的
ネットに上げる (慣)	PO 上網路	不具合 (ナ/2)	機器出問題、故障
		前払金 (名/0)	預付款、訂金
最期 (名/1)	臨終、臨死（前）	修正案 (名/3)	修正案
人種 (名/0)	種族	解決策 (名/3 或 4)	解決的方法

單字

單字	中譯
日経新聞(にっけいしんぶん) (名/5)	日本經濟新聞
会員限定(かいいんげんてい) (名/5)	會員專屬、僅限會員
夫婦喧嘩(ふうふげんか) (名/4)	夫妻吵架
詐欺集団(さぎしゅうだん) (名/3)	詐騙集團
独占販売(どくせんはんばい) (名/5)	獨家販售
最終確認(さいしゅうかくにん) (名/5)	最後的確認
追加条項(ついかじょうこう) (名/4)	附加條款
競合相手(きょうごうあいて) (名/5)	競爭對手
資格試験(しかくしけん) (名/4 或 5)	資格考試
陰(かげ) (名/1)	陰暗處、背地裡
品(しな) (名/0)	物品、商品
違い(ちがい) (名/0)	不同、差異
振込(ふりこみ) (名/0)	匯款、轉帳
悪気(わるぎ) (名/0 或 3)	惡意
相手方(あいてがた) (名/0)	對方（的人）、對手
考え事(かんがえごと) (名/0 或 6)	想事情、費心的事事
ニーズ (名/1)	需求
ページ (名/0)	頁
エラー (名/1)	（系統上的）錯誤
エンジニア (名/3)	工程師
配車アプリ(はいしゃ) (名/4)	叫車 APP
読書リスト(どくしょ) (名/4)	讀書清單
ちょうど (副/0)	正好、恰好
たった今(いま) (副/4)	剛剛、現在
とにかく (副/1)	總之、不管怎樣
何も〜ない(なに) (副/1〜1)	用不著、又何必
特に〜ない(とく) (副/1〜1)	沒特別…
大した〜ない(たい) (連/1〜1)	不是大不了的
必死に(ひっし) (副/0)	拼命地
一通り(ひととお) (副/0)	大概、粗略
そこら辺(へん) (名/0)	那些（事）、那邊

Memo

句型一

〜ことです

「動詞原形／ない形＋ことです」，用來表達「在某狀況下，做（或不去做）這件事情是最好的」、「為達到某一目的，就必須去做（或不要去做）後述的事情／後述事情是最好的方法」。多用於給予對方忠告、建議時使用。經常與表條件的句型或表達目的的「動詞原形＋には」一起使用。

例句

・作文がうまくなりたければ、たくさん文章を読むことですよ。

（想要寫出好文章，就得多看文章喔。）

・嫌われたくなければ、陰で人の悪口を言わないことです。

（不想被討厭的話，就不要在人家的背後說壞話。）

・病気を早く治したかったら、医者の言うとおりにすることです。

（想要快點把病治好，就要好好遵照醫囑。）

・最期まで元気でいたいなら、無茶をしないことです。

（如果你想要在死前都保持健康的話，就別做一些蠻橫的事情。）

・外国語を身につける最良の方法は、その国の人とたくさん話すことだ。

（學好外語最好的方法，就是和那個國家的人講很多話。）

・売れる商品を作るには、消費者のニーズを知ることだ。

（要做出暢銷商品，必須要知道消費者的需求。）

練習A

1. 美しくなる　　　　　には、　まず心を磨く　　　ことだ。
   健康を維持する　　　　　　　毎日運動をする
   日本の経済を知る　　　　　　日経新聞を読む

2. 他人に見られ　　たくないなら、　写真をネットに上げない　ことだ。
   子供に壊され　　　　　　　　　手の届く場所に置かない
   損をし　　　　　　　　　　　　最初から投資をしない

練習B

1. 例：テニスが上手になります・毎日の練習は不可欠です
   → テニスが上手になるには、毎日の練習は不可欠です。
   ① 会議室を使います・予約が必要です
   ② 引き締まった体を維持します・筋トレが大事です
   ③ 会員限定のページを閲覧します・まずはログインしてください
   ④ 日本語の文章を正しく理解します・豊富な語彙力が必要です

2. 例：テニスが上手になります・毎日練習をします
   → テニスが上手になるには、毎日練習をすることです。
   ① 会議室を使います・まず先生の許可を取ります
   ② 引き締まった体を維持します・筋トレを怠りません
   ③ 会員限定のページを閲覧します・会員に加入します
   ④ 日本語の文章を正しく理解します・たくさん読む練習をします

句型二

〜こと（は）ありません

「動詞原形＋こと（は）ありません」，用來表達「某行為是沒有必要、沒價值的，不需去做的」。主要用於「勸戒、鼓勵或安慰他人」、「給他人忠告時」、或「訓斥他人的行為時」。口語的對話場景，可省略「〜は」。

例句

・あなたは悪くない。だから、謝ることはない。（你沒做錯事，所以沒必要道歉。）

・ゆっくりでいいよ。慌てることはありませんよ。（慢慢來就好喔。不用慌喔。）

・ちょっとぶつかったぐらいで、そんなに怒ること（は）ないだろう？

（只是稍微撞到了一下，沒必要那麼生氣吧？）

・大変なのはわかっているわ。無理をすること（は）ないのよ。

（我知道你很辛苦。你不需要這麼勉強自己喔。）

・考え方の違いでイライラすること（は）ありませんよ。

（不要因為想法不同，而自己在那裡焦躁。）

・君はまだまだ若いんだから、そんなに必死になること（は）ないんだよ。

（你還很年輕，沒必要那麼樣地拼死拼活喔。）

・何もそこまで言うこと（は）ないでしょう？頭に来た。もう別れてやる！

（你沒必要講話講得那麼難聽吧？氣死人。我要跟你分手！）

練習 A

1. 気にする　　　　　　　こと（は）ないよ。
   遠慮する
   悔しがる
   恥ずかしがる

2. 何も　泣く　　　　　　こと（は）ないでしょう？
   そんなに急ぐ
   そこまでやる
   先生にまで言いつける

練習 B

1. 例：簡単な手術ですから、心配しません。
   → 簡単な手術ですから、心配することはありませんよ。
   ① 困ったことがあったら、私に言ってね。一人で悩みません。
   ② 短い旅行なんだから、わざわざ見送りに来ません。
   ③ 大丈夫だから、怖がりません。
   ④ 彼にも責任があるから、君だけが責任を取りません。

2. 例：人種の違いで人を見下しません。
   → 人種の違いで人を見下すことはないでしょう？
   ① 気持ちはわかるが、何もみんなの前であんなに怒りません。
   ② 夫婦喧嘩は勝手だが、子供まで巻き込みません。

句型三

～ところです

「～ところです」用於表示「說話當下」，正處於某個動作的哪個時間點。
「動詞原形＋ところです」表示「說話時，正處於某動作要發生的前一刻」；
「動詞ている＋ところです」表示「說話時，某動作正進行到一半」；
「動詞た形＋ところです」則表示「說話時，某動作剛結束」。

例句

・A：これから、会いに行ってもいい？（我等一下可以去見你嗎？）

　B：ごめん。これから出かけるところなんだ。（不好意思，我現在正要出門。）

・課長：井上、K社への見積書、できた？（井上，給K公司的估價單做好了嗎？）

　井上：まだです。ちょうど今、作成しているところです。（還沒，現在正在做。）

・母親：翔太、宿題はもう終わったの？（翔太，你功課做完了嗎？）

　翔太：今、やっているとこ。（※註：「とこ」為「ところ」的口語表現）（現在正在做。）

・A：もしもし、日向ちゃん？私、菫。（喂，日向嗎，我是小菫。）

　B：あっ、ちょうどよかった。今、帰ってきたところなの。

　（啊，你打來的正是時候，我剛好到家。）

・鄭：もしもし、鄭ですが、椋太君いますか。（您好，我是小鄭，請問椋太在嗎？）

　母親：椋太は、たった今お風呂に入ったところなんです。後で、電話させますね。

　（椋太剛好去洗澡了，我請他晚點打給你喔。）

練習A

1. ちょうど今から試合が始まる　ところです。
   これから出発する
   今、出かける

2. 今、宿題をしている　ところなので、ちょっと待っててね。
   今、エラーの原因を調べている
   ちょうど今、名簿を印刷している

3. 陽平君は、　たった今起きた　ところです。
   今帰ってきた
   さっき出かけた

練習B

1. 例：レストランはもう予約した？（いいえ、これから予約します）
   → いいえ、これから予約するところです。
   ① ご飯、もうできた？（ええ、たった今できました）
   ② 穂花ちゃん、部屋にいる？（さっき出かけました）
   ③ 旅行先、もう決まった？（ちょうど今、みんなで相談しています）
   ④ 不具合の原因、わかった？（今、調べています）
   ⑤ 晩ご飯、もう食べた？（ちょうど今から食べます）
   ⑥ タクシー、呼んだ？
   　（まだです。ちょうど今、配車アプリをダウンロードしています）

句型四

〜ところでした

「動詞原形＋ところでした」，用於表達「原本可能發生的事件，在發生的前一刻情況逆轉了」。意思是「當初差點就發生了…的狀況，幸好沒發生」。經常與條件句「〜たら／〜ば」以及「もう少しで」、「危うく」等副詞一起使用。

例句

・あっ、いけない！うっかりしていて、レポートを出すのを忘れるところだった。

（啊，糟糕。因為我不留神，差一點就忘了交報告。）

・一つ間違えれば、大惨事になるところでした。（只要弄錯一步，就差點釀成大事故。）

・考え事をしながら歩いていたので、危うく電柱にぶつかるところだった。

（因為我一邊想事情一邊走路，所以差點就撞上電線桿了。）

・もう少しで１位になるところだったのに、追い抜かれてしまった。

（差一點就第一名了，結果卻被迎頭趕上。）

・危うく犯人にされるところでした。証言してくれてありがとうございます。

（我差一點就被當犯人了。感謝你替我作證。）

・店の外に、特に看板らしいものもなく、
行列ができていなければ見逃してしまうところだった。

（店外沒有像樣的看板，如果不是有人在排隊，我差點就錯過了。）

練習A

1. 危うく死ぬ　　　　　　　　ところだった。
   うっかり忘れる
   もうちょっとで車にぶつかる

2. 家を出るのがあと5分　遅かったら、　遅刻する　　　　　　　ところだった。
   あと5秒　　　　　　　　　　　　　　電車に乗り遅れる
   気がつくのが　　　　　　　　　　　事故に巻き込まれる

練習B

1. 例：赤点を取る（あと少しで）
   → あと少しで赤点を取るところだった。
   ① 牛乳を買い忘れます（あっ、危ない！）
   ② 浮気がバレます（危うく）
   ③ 交通事故に遭います（あともうちょっとで）

2. 例：殺されます（あなたが来てくれなければ）
   → あなたが来てくれなければ、殺されるところだった。
   ① 全財産を失います（あと一日株を売り損ねていたら）
   ② 自分の人生をダメにします（先生が注意してくれなかったら）
   ③ 詐欺集団に騙されます（銀行員が振込を止めてくれなかったら）

本文

（春日部長跟青木課長談論有關於和沛可仕的契約）

春日：青木、ペコスさんとの契約、進んでる？
青木：はい。ただいま、弁護士の荻原先生に契約内容を確認していただいているところです。
春日：そうか。特に注意してほしいのは、うちが独占販売かどうかというところだ。
青木：台湾での独占販売ですね。かしこまりました。
春日：他社に参入されては困るからな。
青木：部長、あのう、独占販売の場合、うちからペコスさんへ支払う前払金って、増額になることはあるのでしょうか。
春日：なるだろうね。そこら辺のことは、社長がなんとかしてくれるから、お前が心配することはないよ。
青木：了解しました。では、早速、荻原先生に進捗状況を聞いてまいります。
春日：よろしく。一日も早く、契約の内容を固めておくことだ。

（春日部長跟青木課長談論有關於和沛可仕的契約）

荻原：はい。荻原です。
青木：いつも大変お世話になっております。ABC商事の青木です。昨日お送りした契約書、ご確認いただけましたでしょうか。
荻原：ええ、一通り拝読しましたが、今のところ、特に問題なさそうです。最終確認まで、もう少し時間をください。土曜日にまとめてご説明しますから。
青木：ありがとうございます。あっ、それから、独占販売の条項のところですが、相手方が違反した場合、何か罰則とかはございますでしょうか。
荻原：破った場合の罰則ですね、入っていないようです。ご指摘ありがとうございます。危うく見落とすところでした。土曜日にお会いする時までに、追加条項を考えておきます。

語句練習

01. 最期まで元気でいたいなら、無茶をしないことです。
    ① 一生幸せでいます・とにかく自分に正直でいなさい
    ② 年をとっても健康でいます・栄養に気を配ることが大切ですよ

02. まだ子供なんだから、何もそこまで言うことはないでしょう？
    ① 彼も悪気があって言ったことじゃない・そんなに怒ります
    ② 大したことじゃない・そんなに気にします

03. ただいま、弁護士の荻原先生に契約内容を確認していただいているところです。
    ① エンジニアにシステムの不具合を修正します
    ② お客様にプロジェクトの修正案を検討します

04. 特に注意してほしいのは、うちが独占販売かどうかというところだ。
    ① 確かめます・総会で取った予算が十分
    ② 調べます・提案書にある解決策が本当に有効

05. 他社に参入されては困るからな。
    ① お客様・文句を言われます
    ② 競合相手・秘密を漏らされます

06. 社長がなんとかしてくれるから、お前が心配することはないよ。
    ① 弁護士・安心して任せなさい
    ② 親・今は資格試験のほうに集中して

07. <u>早速</u>、荻原先生に進捗状況を聞い<u>てまいります</u>。
　① ご指示いただいた資料を準備します
　② ご注文の品を手配します

08. <u>一日も早く</u>、契約の内容を固めておくことだ。
　① 皆さんとお会いできる日を楽しみにしています
　② 新しい環境に慣れるといいですね

09. 昨日お送りした契約書、ご<u>覧いただけましたでしょうか</u>。
　① 先日お送りしたメール・ご確認
　② 先ほどご説明した点・ご理解

10. <u>土曜日にまとめて</u>ご説明します。
　① 夏休みの宿題をやるから、遊びに来ないで
　② 買い物を済ませようと思っています

11. <u>何か罰則</u>とかはございますでしょうか。
　① 他にご質問
　② お困りのこと

12. <u>土曜日にお会いする時までに</u>、追加条項を考え<u>ておきます</u>。
　① 次の会議・報告書をまとめます
　② 夏休みが終わる・読書リストの本を全部読みます

延伸閱讀

企業間決済(きぎょうかんけっさい)

取引相手(とりひきあいて)とビジネスを行(おこな)う際(さい)、支払(しはら)いは非常(ひじょう)に重要(じゅうよう)なポイントです。以下(いか)に、日本国内(にほんこくない)の企業間(きぎょうかん)の取引(とりひき)と、日本(にほん)の企業(きぎょう)と海外(かいがい)の企業(きぎょう)との取引(とりひき)における支払(しはら)いの流(なが)れについて説明(せつめい)します。

● 日本国内(にほんこくない)の企業間(きぎょうかん)の取引(とりひき)における支払(しはら)いの流(なが)れとポイント：

① 請求書(せいきゅうしょ)の発行(はっこう)
　・商品(しょうひん)やサービスが提供(ていきょう)された後(あと)、売主(うりぬし)は買主(かいぬし)に対(たい)して請求書(せいきゅうしょ)を発行(はっこう)します。

② 支払(しはら)い条件(じょうけん)
　・支払(しはら)い条件(じょうけん)は契約時(けいやくじ)に取(と)り決(き)めます。一般的(いっぱんてき)には、30日後(にちご)払(ばら)い（掛(か)け払(ばら)い）や60日後払(にちごばら)いなどがあります。日本(にほん)では「月末締(げつまつじ)め翌月末払(よくげつまつばら)い」がよく使(つか)われます。

③ 支払(しはら)い方法(ほうほう)
　・銀行振込(ぎんこうふりこみ)が一般的(いっぱんてき)です。買主(かいぬし)は指定(してい)された銀行口座(ぎんこうこうざ)に代金(だいきん)を振(ふ)り込(こ)みます。
　・手形(てがた)による支払(しはら)いも一部(いちぶ)で見(み)られますが、近年(きんねん)では減少傾向(げんしょうけいこう)にあります。

④ 前払金(まえばらいきん)と後払(あとばら)い
　・前払金(まえばらいきん)：契約締結時(けいやくしけつじ)や商品(しょうひん)の発送前(はっそうまえ)に支払(しはら)われる費用(ひよう)のことです。新規取引先(しんきとりひきさき)や信頼性(しんらいせい)が低(ひく)い場合(ばあい)に代金(だいきん)の一部(いちぶ)、或(ある)いは全部(ぜんぶ)を求(もと)められることがあります。
　・後払(あとばら)い：商品(しょうひん)やサービスの提供後(ていきょうご)、請求書(せいきゅうしょ)に基(もと)づいて支払(しはら)う

104

形式です。「掛売り」とも言います。

● 日本の企業と海外の企業との取引における支払いの流れとポイント：

① 契約締結
　・支払い条件や方法を明確に取り決めます。通常、国際商取引条件（インコタームズ）が利用されます。

② 請求書の発行
　・商品やサービスの提供後、輸出企業から輸入企業に請求書を発行します。

③ 支払い方法
　・海外送金：輸入企業は指定された銀行口座に代金を海外送金します。SWIFTコードやIBANなどが必要です。
　・信用状（L/C）：銀行が支払いを保証する方式で、安全性が高いです。
　・電信送金（T/T）：迅速に支払いを行うための方法で、前払いや部分前払い、後払いなどの条件に合わせて利用されます。

④ 税金と関税
　・日本国内で消費税や関税がかかる場合があります。輸出入取引には通関手続きが必要です。

⑤ 為替リスク
　・為替変動によるリスクを考慮する必要があります。為替予約を利用してリスクを回避することが一般的です。

Memo

60

電車(でんしゃ)に乗(の)ろうとした時(とき)、
会社(かいしゃ)に呼(よ)び戻(もど)されて…。

1. ～（よ）うとします
2. ～（よ）うとしません
3. ～はずです
4. ～はずが（は）ありません

單字

好く (動/1 或 2)	（被）吸引、（被）喜歡	耳を貸す (慣)	傾耳相聽、聽信
築く (動/2)	建築、建立	目が覚める (慣)	醒過來、清醒
信じる (動/3)	相信、信任	電話がかかる (慣)	來電、電話打來
暴れる (動/0)	胡鬧、大鬧		
手放す (動/3)	放手、賣掉	権力 (名/1)	權力
		記者 (名/1)	記者
射殺する (動/0)	槍殺	現実 (名/0)	現實
決済する (動/1)	結帳、結算	通知 (サ/0)	通知
解決する (動/0)	解決	支店 (名/0)	分店、分行
開始する (動/0)	開始	注射 (サ/0)	打針
		凶器 (名/1)	兇器
思い出す (動/4)	想起來	悪事 (名/1)	壞事、作惡
呼び戻す (動/4)	叫回來	面会 (サ/0)	會面、會見
呼び止める (動/4)	叫住、叫停	好況 (名/0)	景氣好、繁榮
やり遂げる (動/4)	做到底、完成	老眼 (名/0)	老花眼
		文字 (名/1)	文字、字
ダラダラする (動/1)	懶散、散漫		
		英単語 (名/3)	英文單字

宅配便（名/0）	宅配包裹、郵件	インターホン（名/3）	門鈴對講機
歯医者（名/1）	牙醫	ルームメート（名/4）	室友
独裁者（名/3）	獨裁者		
怪我人（名/0）	受傷的人	宅配ボックス（名/5）	宅配箱
午前中（名/0）	上午（的期間）	アラビア語（名/0）	阿拉伯語
		ノー残業デー（名/5）	不加班日
地震警報（名/4）	地震警報		
家族旅行（名/4）	家庭旅行	なんて（副助）	之類的（貶意）
		なんか（副助）	好像是…之類的事
夢（名/2）	夢想、空想、做夢		
質（名/0）	品質	逆に（副/0）	反倒
年頃（名/0）	適齡期、妙齡女子	どうやら（副/1）	好像、似乎
足音（名/3或4）	腳步聲	決して〜ない（副/0〜1）	絕（不）
元カレ（名/0）	前男友		
笑い声（名/4或0）	笑聲	ちっとも〜ない（副/3〜1）	一點也（不）
		さすがに〜ない（副/0〜1）	可（不想）
バッグ（名/1）	包包		
リモート（名/0或2）	遠端		

單字

なんとも〜ない（副/1 或 0〜1）	什麼都（不）
あれだけ（副/0）	那樣（程度高）地
べったり（副/3）	黏住、纏住
気が小さい（慣）	膽小、度量小
〜の下で（文型）	在…的下面(工作)
〜がする（文型）	有…的（聲音）
〜たがる（文型）	（第三人稱）想做…

Memo

句型一

〜（よ）うとします

　　「〜（よ）うとします」前方的動詞為「人為的，意志性」的動作，意思是「（努力）嘗試要去做某事／試圖去做某事」。此句型亦經常與「〜たら」或「〜時」一起使用，來表示「當某人要做某事時，就發生了後述事情來打斷此動作」。

例 句

・子供は何でも手で食べようとします。（小孩子什麼東西都想用手抓來吃。）

・うちの上司は、部下を信じていないので、何もかも自分でやろうとする。
（我的上司不信任下屬，所以什麼事情都想要自己做。）

・琥太郎君は、仮想通貨で儲けようとしている。（琥太郎想用虛擬貨幣賺錢。）

・犯人は逃げようとしたが、警察に射殺された。
（犯人嘗試著要逃跑，結果被警察開槍打死了。）

・Ａ：今ちょっといい？　　Ｂ：これから出かけるところなんです。
　（Ａ：你現在方便嗎？　Ｂ：我現在正要出門。）
→Ｂ：出かけようとした時、Ａさんに呼び止められた。
（當我要出門時，被Ａ先生叫住了。）

・お風呂に入ろうとしたら、地震警報が鳴った。
（當我要去洗澡，地震警報就響了。）

練習 A

1. 息子は　｜あの会社に入ろう　　　　　　｜　としています。
　　　　　　｜英単語を一生懸命覚えよう　　｜
　　　　　　｜溺れている猫を助けよう　　　｜

2. ｜学校を出よう　　　　｜　としたら／とした時、｜先生に呼び止められた。　　　　　｜
　　｜出かけよう　　　　　｜　　　　　　　　　　　｜電話がかかってきた。　　　　　　｜
　　｜アプリで決済しよう　｜　　　　　　　　　　　｜残高が足りないことに気づいた。　｜

3. ｜元カレのことを忘れよう　　　｜　としても、｜なかなか忘れられない。　　　　　　　　｜
　　｜昨日覚えた単語を思い出そう　｜　　　　　　｜まったく思い出せない。　　　　　　　　｜
　　｜みんなで家族旅行に行こう　　｜　　　　　　｜年頃の娘は一緒に行ってくれない。　　　｜

練習 B

1. 例：スマホで写真を撮ります・電源が切れちゃった（〜たら）
　→　スマホで写真を撮ろうとしたら、電源が切れちゃった。
　① ちょっとお昼寝をします・インターホンが鳴って宅配便が来た（〜たら）
　② ちょうど友達に連絡します・向こうから電話がかかってきた（〜時）
　③ タバコをやめます・なかなかやめられない（〜が）
　④ 僕から逃げます・無駄だよ（〜ても）
　⑤ みんなに好かれます・逆に友達ができないのよ（〜から）
　⑥ 寝ます・目が覚めてしまう（〜ば、〜ほど）

句型二

～（よ）うとしません

「～（よ）うとしません」用於敘述「他人（第三人稱）」沒有做某事情的意志、意願。經常使用於「說話者認為聽話者不願意按照自己的期待做事／講也講不聽」的情況。可以於「～と」的後方放上「は」或「も」來加強否定的語氣。

若要表達「說話者（第一人稱）」自己沒有做某事情的意願，則會使用「～（よ）うとは思いません」。

例句

- 息子は歯医者が怖くて、歯が痛くても歯医者に行こうとしません。

 （我兒子怕牙醫，即便牙齒疼，都不去看醫生。）

- うちの子ったら、ちっとも勉強しようとしない。（我家那孩子，都不讀書的。）

- 彼は独裁者だから、決して権力を手放そうとはしないだろう。

 （因為他是獨裁者，所以他應該絕對不會放下權力的。）

- 頑張ろうともしないで、文句ばかり言う男なんて、大嫌い！

 （不試著努力，成天都在抱怨的男人，我最討厭了！）

- いくら美味しくても、あんな変なものを食べようとは思いません。

 （就算再怎麼好吃，我也不會想去吃那種奇怪的東西。）

- 重そうなバッグ。さすがにこれを持って出かけようとは思わないね。

 （這包包看起來好重。我可不想拿著這個出門。）

練習A

1. いくら　餌をやって　も、その子猫　は　食べよう　としない。
　　　　　叱って　　　　　息子　　　　勉強しよう
　　　　　頼んで　　　　　課長　　　　耳を貸そう

2. いくら　お金持ち　でも、あんな奴と付き合おう　とは思わないね。
　　　　　面白くて　　　　もう一度同じ映画を見よう
　　　　　頼まれて　　　　彼の下で働こう

3. 記者　は　怪我人を助けよう　としないで、写真　ばかり　撮って　いる。
　　息子　　　働こう　　　　　　　　　　　ゲーム　　　　　やって
　　父　　　　病院へ行こう　　　　　　　　変な薬　　　　　飲んで

練習B

1. 例：息子は肉だけ食べて、野菜は一切食べません。
　　→　息子は肉だけ食べて、野菜は一切食べようとしません。
　① 息子は叱られても、謝りません。
　② あれだけ言ったのに、息子は部屋を片付けません。
　③ 息子は毎日ダラダラして、仕事を探しません。
　④ 医者にあれだけ注意されているのに、夫はお酒をやめません。
　⑤ 娘は夢ばかり見ていて、現実を見ません。
　⑥ この年頃の子供は、母親にべったりで離れません。

句型三

～はずです

「～はずです」用於「說話者依據某些客觀的事實（知識、計算或邏輯等），來進行客觀的判斷」。若現實與說話者的判斷不符時，則是會帶有說話者感到意外或懷疑的語氣。

例句

・走っていけば電車に間に合うはずです。（用跑的去，應該就趕得上電車。）

・アプリに通知が来たから、荷物はもう宅配ボックスに入っているはずです。
（APP 顯示了通知，所以包裹應該已經寄達＜在大樓的＞宅配箱裡了。）

・Ａ：井上さんも会議に出るでしょう？（井上先生也會出席會議對吧。）
　Ｂ：いや。大阪支店に行っているから、午後の会議には来ないはずです。
（不。他現在在大阪分公司，下午的會議他應該不會來。）

・彼はもう出かけたはずだ。そうじゃないと間に合わない。
（他應該已經出門了。如果不是的話，就會趕不上。）

・２階には誰もいないはずなのに、足音がする。（２樓明明就沒有人，卻有腳步聲。）

・２階から、死んだはずのルームメートの笑い声がします。
（２樓傳來了應該已經死室友的笑聲。）

・俺のスマホ見なかった？この辺に置いたはずなんだけど…。
（你有沒有看到我的手機？我應該是放在這附近的啊。）

練習A

1. もう4月ですから、桜はそろそろ咲く　　　　　はずです。
   おばあちゃんは目が悪いから、はっきり見えない
   もうこんな時間ですから、彼はもう出発した
   札幌は今、雪が降っている

2. 札幌は今、雪が降っているから、寒い　　　　　はずです。
   彼はドバイに10年間も住んでいたから、アラビア語が上手な
   あれから10年経ったから、あの子はもう高校生の
   注射のところが痛い？おかしいな。そんなに痛くない
   痴漢をされた人は、きっとすごく怖かった
   最後までやり遂げるのは、簡単ではなかった

練習B

1. 例：3時の新幹線です・彼は今まだ電車の中にいます
   → 3時の新幹線ですから、彼は今まだ電車の中にいるはずです。
   ① 今日は日曜日です・会社には誰もいません
   ② 有名なレストランです・美味しいです
   ③ 10年前に会った時、彼は小学生でした・今は高校生です

2. 例：勉強にもっと時間をかけました・大学には合格できました
   → 勉強にもっと時間をかけていたら、大学には合格できたはずです。
   ① 若い時から資産運用を始めました・もっと多くの資産を築くことができます
   ② もし違う人と結婚しました・もっと幸せになれました

句型四

〜はずが（は）ありません

「〜はずが（は）ありません」用於表達「說話者根據邏輯或某些依據，完全否定前述事項的可能性」。中文翻譯為「不可能…！」。口氣上較為主觀。

例句

- 彼がそんなひどいことをするはずがない。（他不可能做那種這麼過分的事。）

- 彼のような気の小さい人が、人を殺せるはずはありません。
（像他這樣膽小的人，不可能有辦法殺人。）

- 彼はここにいるはずがない。アメリカへ行ったんだから。
（他不可能在這裡。因為他已經去了美國啊。）

- 明日は試験なんだから、暇なはずはない。（明天要考試，怎麼可能有空。）

- 彼は奈々ちゃんに会いたがっているから、パーティーに来ないはずがない。
（因為他很想要見到奈奈小姐，所以怎麼可能不來參加派對。）

- 凶器はあなたのカバンから出てきたんだよ。君は何も知らないはずはない。
（兇器是在你的包包找到的喔。你不可能什麼都不知道。）

- そんなはずはありません。もう一度調べてください。
（不可能是那樣的，請你再調查一次。）

練習 A

1. こんな難しい問題が子供にわかる　　　　　はずがない。
   彼女は私たちの秘密を知っている
   彼、あんなに元気だったんだから、死んだ
   あなたは彼がやった悪事を知らない

2. 日本は今夏だよ。寒い　　　　　　　　　　はずがない。
   あのマンションは駅から近いから、不便な
   彼は事件当時、海外にいたんだから、犯人の

練習 B

1. 例：商店街にあるアパートは静かです。
   → 商店街にあるアパートは静かなはずはありません。
   ① 俺があんなやつに負けます。
   ② あんな質の悪いものが売れます。
   ③ 1日でこちらの単語をすべて覚えられます。
   ④ ブランド品がこんなに安いです。
   ⑤ 何も自分でできない彼が、料理が上手です。

2. 例：彼は社長ですから、会社の経営状態を知りません。
   → 彼は社長ですから、会社の経営状態を知らないはずはありません。
   ① あのレストランの前に行列ができていますから、美味しくないです。
   ② 彼はきっと来ます。自分の子供を助けに来ません。

本文

（星期六早上 9 點 ABC 公司的青木先生致電給荻原律師另約會談時間）

荻原：はい、荻原です。

青木：あっ、荻原先生、ABC商事の青木ですが…。

荻原：ああ、青木さん。

青木：あのう、今朝10時にそちらにお伺いすることに

なっていたんですが…。

荻原：ええ、どうかされましたか。

青木：はい。実は、電車に乗ろうとした時に、

急に会社に呼び戻されて…。

どうやら、私が担当しているお客様が販売現場で

暴れ出して、帰ろうとしないらしいんですよ。

荻原：そうですか。それは大変ですね。

青木：ええ。それで、これから先生のお宅にお伺いすることが

できなくなりまして…。

わざわざお時間を取っていただいたのに、

申し訳ございません。

荻原：それは困りましたね。契約はもう明後日でしょう？

青木：ええ。ですので、できれば面会の時間を明日の午前中に変更させていただけないでしょうか。

荻原：明日はすでに予定が入っているので、難しいですね。その暴れたお客さんのことって、午前中になんとか解決できそうですか。

青木：今のところは、なんとも言えませんが、遅くても夕方までには帰っていただかないと。

荻原：では、今日の夜の7時ごろにうちにいらっしゃい。7時からですと、終電までには契約内容の見直しも終わるはずですから。

青木：大変ご迷惑をおかけして申し訳ございません。

かしこまりました。

では、本日の19時にお伺いします。

語句練習

01. うちの子ったら、ちっとも勉強しようとしない。
　① あいつ・また授業をサボったよ
　② 私の彼氏・全然好きだと言ってくれないの

02. 頑張ろうとしないで、文句ばかり言う男なんて、大嫌い！
　① 自分で調べます・すぐ質問してくる人
　② 人の話を聞きます・自分の意見ばかり押し付ける人

03. さすがにこれを持って出かけようとは思わないね。
　① これだけの量の仕事を一人で片付けます
　② こんなに寒い日に泳ぎます

04. 2階には誰もいないはずなのに、足音がする。
　① 出かける前に財布をバッグに入れました・入っていなかった
　② 決して今は好況じゃありません・なぜか株価が高い

05. 俺のスマホ、見なかった？この辺に置いたはずなんだけど…。
　① メール、届いていなかった？返信しました
　② まだ帰らないの？今日はノー残業デーです

06. 今日お伺いすることになっていたんですが、急な用事ができてしまって。
　① 今日は彼女と映画を見ます・急に仕事が入って、行けなくなった
　② 新しいプロジェクトを開始します・予算の問題で延期になった

07. お客様が販売現場で暴れ出して、**帰ろうとしないんですよ**。
　① 彼ったら、私の言うことを全然聞きません
　② あいつはいつも、自分の都合でしかものを見ません

08. これから先生のお宅にお伺いする**ことができなくなりました**。
　① 怪我をしてしまったので、サッカーをします
　② 老眼が進んで、小さい文字を読みます

09. わざわざお時間を取っていただいたのに、
　　行けなくなっ**て申し訳ございません**。
　① ご親切に道を教えます・迷ってしまいます
　② 手伝います・まだ終わらせることができません

10. **できれば**、面会の時間を明日の午前中に変更**させていただけないでしょうか**。
　① 次回のミーティングにリモートで参加
　② 来月の出張に同行

11. 午前中に、**なんとか解決でき**そうです。
　① 明日のプレゼンの準備が・間に合います
　② 雨が降り出す前に・帰れます

12. 遅くても夕方までには帰っ**ていただかないと（困ります）**。
　① 期限までに書類を提出します
　② 今日中に対応します

延伸閱讀

クレーム対応

　　お店や事務所でお客様からクレームがあったり、トラブルが発生したりした場合、迅速かつ適切に対応することが重要です。以下に、その対応方法について説明します。

① お客様の話を丁寧に聞く
　　お客様がクレームやトラブルを報告してきた場合、まずは冷静に対応します。感情的にならず、落ち着いた態度で接することが大切です。
　　お客様の話を最後まで丁寧に聞きます。話の途中で遮らず、相手の気持ちを尊重します。メモを取ることで、問題の詳細を正確に把握することができます。

② 共感を示し、謝罪する
　　お客様の気持ちに共感し、理解を示します。「ご不便をおかけして申し訳ございません」といった言葉を使い、相手の気持ちを和らげます。
　　お客様に迷惑をかけたことに対して、心から謝罪します。問題が自社の過失である場合、迅速かつ真摯に謝罪することが重要です。

③ 問題の解決策を提案する
　　問題を解決するための具体的な対策を提案します。例えば、商品の交換、返金、追加サービスの提供など、お客様が納得できる

解決策を考えます。
　可能な限り迅速に対応します。問題が解決するまでのプロセスをお客様に説明し、対応が遅れる場合にはその理由を丁寧に伝えます。

④ フォローアップ
　問題が解決した後も、お客様に対してフォローアップを行います。解決策に満足していただいているか、再度問題が発生していないかを確認します。
　問題を報告してくれたことに感謝の意を示します。「ご意見をいただき、ありがとうございました」と伝えることで、信頼関係を築くことができます。

⑤ 社内での共有と改善
　クレームやトラブルの内容を社内で共有し、再発防止策を検討します。問題が発生した原因を分析し、改善策を導入します。スタッフ全員に対して、クレーム対応やトラブル対応の教育を行います。定期的なトレーニングを通じて、全員が適切に対応できるようにします。

結論：
　お客様のクレームやトラブルに対しては、冷静に話を聞き、共感と謝罪を示し、具体的な解決策を提案することが重要です。その後のフォローアップや社内での共有と改善も欠かせません。これにより、お客様との信頼関係を維持し、サービスの質を向上させることができます。

Memo

翻譯

聽說他戒酒了…。

青木：部長，明天晚上與渡邊商事的餐敘，您會出席嗎？
春日：嗯。他們是我們的重要客戶，我會帶老婆一起出席。
青木：夫人也會一同出席是吧。了解了。
春日：然後，聽說渡邊商事的社長已經戒酒了，關於這點你也去確認一下。
　　　啊，明天（再問）就可以了。今天他應該已經休息了。
青木：如果渡邊社長真的已經戒酒了，那日式料亭那裡怎麼辦？
春日：嗯。如果那樣的話，就不要訂日式料亭，改換西餐廳吧。

中村　　：感謝您今天邀約我來貴府。
青木夫人：歡迎。您是中村先生對吧。歡迎您的來訪。
　　　　　我老公總是受到您的照顧。　來，請上來。
中村　　：失禮了。這個是一點小心意，請。
青木夫人：您客氣了。中村先生，您喜歡日本酒嗎？來，不用客氣，請用。

中村：啊，已經這麼晚了，我差不多該告辭了。
青木：是啊。那歡迎你再來喔。

延伸閱讀翻譯

招待客戶（接待）

在公司接待交易夥伴是一件非常重要的事情。接待是指與商業往來的夥伴一起用餐，增進彼此的關係。在日本，特別重視這種接待。以下簡單介紹一下接待時需要注意的事項。

●選擇餐廳或料理店時的注意點

1. 了解對方的喜好：事先調查交易夥伴喜歡和不喜歡的食物，是否有過敏或不能吃的食物。
2. 安靜且易於交談的場所：由於需要進行商業談話，選擇安靜且便於交談的餐廳或料理店。若有包廂，會更方便交流。
3. 服務良好的店：選擇服務良好的餐廳，讓交易夥伴感到愉快。店員的服務態度及菜品上菜的速度也很重要。
4. 提前預約：如果是受歡迎的餐廳，可能會無法預訂到座位，因此需提前預約。特別要確認是否有包廂。

●接待時需要注意的事項

1. 遵守時間：控管接待時程是非常重要的，注意不要遲到。並根據交易夥伴的時間安排，設定一個合理的時間。
2. 遵守禮儀：接待時要注意用語和態度的禮貌。例如，倒酒時應在對方的杯子快空前為其續酒。
3. 選擇話題：不僅可以談商業話題，還可以談論對方的興趣和愛好。避免討論過於複雜或對方不感興趣的話題。
4. 表達感謝：接待結束後，應該向對方表達感謝之意。可以透過電子郵件或信件傳達「今天謝謝你」，這樣能留下良好的印象。

●日本獨特的接待文化

在日本，接待被非常重視。接待被視為加強工作關係的機會，深化彼此的理解。許多時候，人們會在飲酒的氛圍中輕鬆交談。此外，對對方表現出禮貌和細心是非常重要的。

例如，在接待中倒酒時，要注意對方的杯子，確保在其快空之前為其續酒。這是一種表達「款待」心意的方式。

理解日本的接待文化，並珍視對方，可以建立良好的商業關係。接待不僅僅是用餐，而是工作中重要的一部分，因此應做好充分的準備，讓對方感到愉快。

本文翻譯

第一次致電給您，敝姓青木。

吉田：您好，這裡是沛可仕股份有限公司。
青木：初次向貴社聯絡。我是 ABC 商事的青木，請問吉田先生在嗎？
吉田：我就是吉田。
青木：初次聯絡，我是 ABC 商事營業部的青木。這次承蒙渡邊商事的中村先生向我介紹吉田先生您，因此打電話給您。
吉田：青木先生啊。我有聽中村先生提起您。
青木：是這樣的啊。嗯，現在方便和您說話嗎。
吉田：請。
青木：感謝您。

青木：是這樣的，敝社想要展開新的事業，是針對台灣的投資家，來販賣、並管理收益在日本的投資用不動產，因此開設了台灣分公司。
吉田：是喔。恭喜。
青木：謝謝您。我們希望您們能讓敝公司來向台灣的投資家介紹貴公司所開發、分售的大樓型產品，因此向您聯絡。
在您百忙之中，很不好意思，能夠跟您見面，當面詳談嗎？
吉田：好的。那麼，下星期一您能來我們公司嗎？
青木：了解的。時間上何時方便呢？
吉田：嗯，下午三點可以嗎？
青木：好的，沒問題。那麼下週一的下午三點我過去拜訪您。
吉田：好的，等您來。

延伸閱讀翻譯

不動產（房地產）投資

不動產投資是指購買住宅、商業設施、土地等不動產，並通過出租以獲取收益的投資方式。與股票或外匯投資相比，不動產投資被視為中等風險、中等回報的投資方式，但它有許多優點與缺點。

首先，讓我們來看看不動產投資的優點。不動產投資可以帶來穩定的收入。每月的租金收入具有規律性，能夠帶來長期穩定的現金流（稱為收入收益）。此外，若不動產價值上升，出售時也能獲得資本利得。不動產屬於實物資產，一般情況下，其價值不太可能完全消失。另外，不動產投資也是對抗通貨膨脹的有效手段。當通貨膨脹加劇時，不動產價格和租金通常也會上升，因此資產價值能夠受到保護。

然而，不動產投資也有缺點。物件的管理和維修需要花費時間和金錢，空置風險也不可忽視。如果錯過出租的旺季，可能會有半年以上的空置期。此外，還需考慮災害或市場波動帶來的風險。尤其是購買海外不動產時，如果對當地法律和稅制不夠了解，可能會遇到意想不到的問題。語言和文化差異也會影響投資活動，加上匯率波動及物件管理等多方面的考量，若輕率購入海外不動產，可能會蒙受巨大損失。

最後，我們來看看為什麼不動產投資會受到富裕階層的青睞。

首先，不動產是一項需要大筆資金的投資，富裕階層較有能力進入這個市場。此外，不動產很容易利用槓桿效果，也就是說，可以透過貸款購買不動產，並用其收益來償還貸款，從而獲得超過自有資金的投資效果。不動產相對穩定，受股市等市場波動的影響較小，因此也是分散風險的有效手段。

基於上述原因，不動產投資對富裕階層來說是一個具吸引力的投資選擇。

本文翻譯

青木先生來（蒞臨）了。

櫃檯：歡迎光臨。
青木：我是 ABC 商事的青木。我想見吉田部長。
櫃檯：我幫您叫他。請在那裡坐，稍後一下。

櫃檯：這裡是一樓的櫃檯。吉田部長的客人，ABC 商事的青木先生來了。
櫃檯：青木先生，久等了。我帶您去 5 樓的會客室。電梯在這裡，請搭乘。

秘書：青木先生，我們有茶跟咖啡，您要喝什麼？
青木：謝謝。那請給我茶吧。
秘書：為您送上茶了。很燙，請您小心飲用。

吉田：我是吉田。今天謝謝您特地過來。
青木：我才是在您百忙當中，還讓您花時間（來見我），謝謝您。
青木：剛才，我在一樓的大廳看了貴公司的樣品屋。充滿了高級感，真的很棒。我想您應該已經知道了，現在，有很多台灣的投資家想要購買日本的不動產，在這當中，又屬貴公司銷售的這種高級華廈大樓最受到歡迎。嗯，想要請教您，貴公司到目前為止，有沒有思考過要將事業拓展至海外嗎…？

延伸閱讀翻譯

在日本創業

外國人在日本創業時，需要遵循一些重要的步驟。以下是具體的程序和重點說明。

① 取得簽證
外國人在日本開展事業需要「經營管理簽證」。要取得此簽證，需滿足以下條件：
 - 提交事業計劃書：需要詳細描述事業內容、收支計劃及事業的前景。
 - 確保辦公室：必須在日本國內設置實際運營的辦公室。
 - 準備資本金：至少需要準備 500 萬日元以上的資本金。

② 辦公室的確保
租賃辦公室時可能會遇到一些困難。日本的租賃合約通常需要保證人，這對外國人來說可能是一個障礙。為解決此問題，可以尋求專業的房地產公司或顧問的協助。

③ 銀行帳戶的開設
開設銀行帳戶對外國人而言也會有一些挑戰。日本的銀行在新帳戶開設時較為謹慎，特別是對外國人，往往需要提供更多的文件或資訊。需要準備的文件包括護照、在留卡、事業計劃書、辦公室租賃合同等。最好提前準備好這些文件。

在取得經營管理簽證之前，必須先將資本金存入銀行帳戶。然而，開設銀行帳戶時通常會要求提供在留卡（簽證取得後發給），因此可能陷入這種兜圈子鬼打牆的情境。遇到這種情況時，建議請教專業顧問。

④ 登記和許可認證
成立公司需要在法務局進行登記。根據事業種類的不同，可能還需要特定的許可。例如，開設餐飲業時，需要從保健所取得許可。登記手續及許可申請通常需要專業知識，建議委託司法書士或行政書士代為辦理。

⑤ 理解文化與商務禮儀
欲在日本成功經營業務，了解日本的文化與商務禮儀也十分重要。日本在商務場合中特別注重禮儀及各種細節規範。理解並實踐這些禮儀，可以使業務運作更為順暢。

結論：
外國人在日本創業需要取得適當的簽證、確保辦公室、開設銀行帳戶、進行登記及取得許可，並了解當地文化與商務禮儀。為了順利完成這些步驟，獲得專業的協助非常重要。讓我們做好充分的準備與資訊收集，在日本成功創業吧！

本文翻譯

我就星期六與您見面吧。

荻原夫人：您好,這裡是荻原家。
青木　　：我是 ABC 商事的青木。請問荻原老師在家嗎？
荻原夫人：在的。請稍候。

荻原：您好,電話換人了。我是荻原。
青木：荻原老師,承蒙您一直以來的照顧。我是前幾天打電話給您談論有關於
　　　合約事宜的青木。
荻原：啊,青木先生。您好。
青木：我們這次確定要和沛可仕公司簽訂於境外販售不動產的委任合約了。因此想在
　　　正式簽約契約之前,再請老師過目一次合約書的內容。能請問老師您這個星期
　　　何時方便嗎？想說過去拜訪老師,也順道跟您道謝上一回的事情。
荻原：嗯。我這星期有其他的案件要去大阪,下星期初頭的話,目前沒問題。
青木：其實,我們已經定好要在下星期一簽約了,如果可以的話,原本想說請老師您
　　　在本週內幫我們看一下。
荻原：怎麼那麼突然。好,我提早結束大阪的工作,星期五晚上回來東京,我
　　　就星期六早上跟您碰面吧。請你大約 10 點左右來我家。
青木：感謝老師在百忙之中還特別撥空。
荻原：啊,你可以先把契約書弄成 PDF 檔案傳過來給我嗎？
　　　我有空的時候就先看一下。
青木：了解了。稍後就寄送到老師您的 E-mail 信箱。

延伸閱讀翻譯

簽訂合約

　　在與商業夥伴（生意往來的對象）簽訂合約時，遵循以下注意事項和步驟是非常重要的。這樣可以讓雙方達成共識，順利推進業務。

① 合約內容的確認與明確化
　　清楚界定合約的目的與範圍，確保雙方對此有相同的理解。在合約書中具體描述業務內容、提供的商品或服務、交付期限及品質標準等。
　　詳細確認價格、付款條件、交付期限、交付方式、風險分擔、保證及申訴處理等重要條件。

② 風險控管
　　確認與合約相關的法律和法規，確保合約內容合法合規。必要時，諮詢法律專家（律師）以確保合約的妥當性。
　　明記合約解除的條件和程序，這樣即使發生預期之外的問題也可以順利應對。

③ 合約書的製作與確認
　　草擬合約書並讓雙方確認內容。此階段應消除誤解或不明確之處。
　　仔細檢視合約內容，並進行必要修正，確保所有條款雙方都能確實理解。

④ 合約書的簽署與保存
　　最終合約書經雙方簽署和蓋章。簽署前再次確認合約內容無誤。
　　簽署後的合約書由雙方保存。由於合約書是具法律效力的證據，因此應妥善保管並在需要時隨時查閱。

⑤ 合約履行的監控與管理
　　依合約履行雙方同意的內容。定期檢查進度，如有問題則立即處理。
　　與商業夥伴保持定期溝通，分享關於合約的上狀況及問題。這有助於預防或及早解決潛在的糾紛。

　　結論：
　　在簽訂商業合約時，明確化合約內容、風險控管、詳盡檢查與妥善保存合約書，以及合約履行的監控皆為關鍵步驟。遵循這些步驟有助於預防問題發生，並建立順暢的業務關係。

本文翻譯

現在正在請荻原老師確認

春日：青木，和沛可仕簽約的事情，進行得怎樣了？
青木：現在正在請荻原律師在幫我們確認契約內容。
春日：是喔。你要特別注意的點，是我們公司是否為獨家銷售的這一部分。
青木：在台灣的獨家銷售對吧。了解了。
春日：如果被其他公司也進來參一腳，那我們就麻煩了。
青木：部長，那個，如果是獨家銷售，那我們公司支付給沛可仕的預付金是不是就會有變高的情況？
春日：應該會。但關於那一部分的事情，社長會想辦法，你用不著操心。
青木：了解了。那麼，我立刻來向荻原律師詢問進行狀況。
春日：好。要儘早確定契約的內容。

荻原：您好，我是荻原。
青木：您好，承蒙平時照顧。我是 ABC 商事的青木。昨天寄送給您的契約書，您確認了嗎？
荻原：是的，我閱讀了一遍，目前看來應該沒有什麼問題。但我還需要做最後的確認，請再給我一些時間。我星期六會統整跟您說明。
青木：謝謝。對了，有關於獨家銷售的部分，如果對方違反，有什麼樣的罰則之類的嗎？
荻原：違約時的罰則啊，很像沒有記載。感謝你指出，我差一點就漏看掉了。星期六跟您見面之前，我會把要追加的條款想好。

延伸閱讀翻譯

企業之間的結帳付款

在與交易對象進行商業活動時，付款是非常重要的一環。以下是日本國內企業間交易及日本企業與海外企業之間交易的付款流程說明。

●日本國內企業間交易的付款流程與重點：

① 請款單的開立
・商品或服務提供後，賣方會向買方發出請款單。
② 付款條件
・付款條件會在簽訂合約時就決定。一般來說，付款期限為 30 天後付款或 60 天後付款。
在日本，常見的付款方式是「月末結算，次月末付款」。
③ 付款方式
・銀行轉帳為常見的方式。買方將資金匯至（賣方）指定的銀行帳戶。
・部分交易也使用商業票據支付，但近年來已逐漸減少。
④ 預付款與後付款
・預付款：在簽訂合約或商品發送前支付的費用。新客戶或信任度較低的交易對象中，可能會被要求事先支付部分或全部費用。
・後付款：在商品或服務提供後根據請款單支付，亦稱為「賒帳（賒賣）」。

●日本企業與海外企業之間交易的付款流程與重點：

① 合約簽訂
・明確約定付款條件與方式。通常使用國際貿易條款（Incoterms）。
② 請款單的開立
・商品或服務提供後，出口企業向進口企業開立請款單。
③ 付款方式
・海外匯款：進口企業將資金匯至（出口企業）指定的銀行帳戶，並需提供 SWIFT（全球銀行金融電信協會）代碼或 IBAN（國際銀行帳戶）號碼。
・信用狀（L/C）：銀行擔保的付款方式，具有較高的安全性。
・電匯（T/T）：為加速付款的方式，可根據條件選擇用於預付款、部分預付款或後付款。
④ 稅金與關稅
・可能會產生日本國內的消費稅或關稅，且進出口交易需辦理通關手續。
⑤ 匯率風險
・需考慮匯率波動帶來的風險，通常可透過使用外匯遠期交易來避免風險。

本文翻譯

我要搭電車時，被公司給叫了回去…。

荻原：您好，我是荻原。

青木：啊，荻原老師，我是 ABC 商事的青木。

荻原：青木先生您好。

青木：那個，今天原本約好早上 10 點要去拜訪您的。

荻原：嗯，怎麼了嗎？

青木：是的。其實，當我要搭電車時，突然被公司叫了回去。好像是我負責的客人在銷售現場突然吵鬧了起來，怎麼勸，他都不回去。

荻原：是喔。還真慘（您辛苦了）。

青木：嗯，因此，等一下沒辦法過去老師您府上了。您都還特地為我留了時間，真的很抱歉。

荻原：這可麻煩了。不是後天就要簽約了嗎？

青木：是的。因此，可以的話，想說能否將面談的時間變更為明天上午呢？

荻原：明天我已經有其他預定了，沒辦法耶。
那個在吵鬧的客人，你上午有辦法解決嗎？

青木：現在時間點很難說，但最慢也必須要在傍晚前請他離開。

荻原：好的，那你今晚 7 點來我家。
7 點開始的話，應該在末班車之前就可以重新評估完合約內容。

青木：給您添了這麼大的麻煩，真的很抱歉。了解了。那麼我今天 19 點去拜訪您。

> 延伸閱讀翻譯

客訴應對

　　在商店或辦公室遇到客戶投訴或問題發生時，迅速且適當地應對非常重要。以下是應對方法的說明。

①仔細傾聽客戶的意見
　　當客戶投訴或報告問題時，首先要冷靜應對。保持情緒穩定，以冷靜的態度面對客戶。仔細聽完客戶的意見，不要在對方講話時插話，並尊重對方的感受。可以透過做筆記來準確掌握問題的詳細情況。

②表示同理心並道歉
　　對客戶的感受表現出理解和同理心，說出像「很抱歉給您帶來不便」這樣的話語，讓客戶的情緒有所緩解。真誠地對給客戶帶來的困擾表示歉意。如果問題是因公司過失引起的，迅速且真誠地道歉非常重要。

③提出解決方案
　　為解決問題提出具體的對策，例如更換商品、退款、提供額外服務等，以讓客戶滿意的方式解決問題。盡可能迅速地處理問題。向客戶說明解決問題的流程，如果問題的處理因故延遲，也要詳細告知原因。

④跟進（後續追蹤）
　　問題解決後，也需要對客戶進行後續的追蹤，確認他們對解決方案是否滿意，並確認相同的問題是否有再次發生。對客戶的反饋表達感謝，例如告知「感謝您的意見」，以此建立信任關係。

⑤公司內部的分享與改進
　　將投訴或問題的內容在公司內部分享，並思考如何防止再次發生的對策。分析問題的發生原因，並採取改進措施。為全體員工提供處理投訴和應對問題的教育。透過定期的培訓，確保所有員工都能夠適當地處理相關情況。

　　結論：
　　在面對客戶的投訴或問題時，冷靜傾聽、表達同理心和道歉、提出具體的解決方案非常重要。後續的追蹤以及公司內部的分享和改進也不可或缺。這樣可以維持與客戶之間的信賴關係並提高服務品質。

Memo

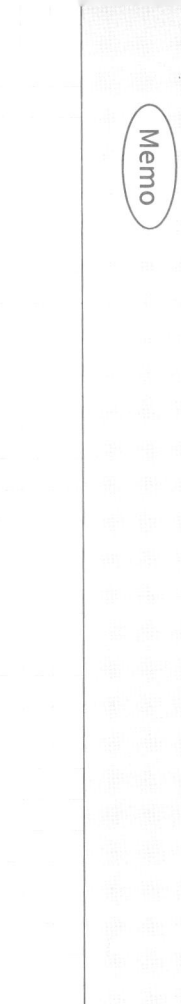

日本語 - 013

穩紮穩打日本語 中級 2

編　　　　著	目白 JFL 教育研究会
代　　　　表	TiN
排 版 設 計	想閱文化有限公司
總 　編 　輯	田嶋 惠里花
發 　行 　人	陳郁屏
插　　　　圖	想閱文化有限公司
出 版 發 行	想閱文化有限公司
	屏東市 900 復興路 1 號 3 樓
	Email：cravingread@gmail.com
總 　經 　銷	大和書報圖書股份有限公司
	新北市 242 新莊區五工五路 2 號
	電話：(02)8990 2588
	傳真：(02)2299 7900
初　　　　版	2025 年 05 月
定　　　　價	320 元
I　S　B　N	978-626-99745-1-1

國家圖書館出版品預行編目 (CIP) 資料

穩紮穩打日本語 . 中級 2 / 目白 JFL 教育研究会編著 . -- 初版 . -- 屏東市：想閱文化有限公司 , 2025.05
　面；　公分 . -- (日本語；13)
ISBN 978-626-99745-1-1(平裝)

1.CST: 日語 2.CST: 讀本

803.18　　　　　　　　　　　114006497

版權所有 翻印必究
ALL RIGHTS RESERVED

若書籍外觀有破損、缺頁、
裝訂錯誤等不完整現象，
請寄回本社更換。